E. Lecesne

# Administration du Cardinal de Granvelle dans les Pays-Bas

Antigonos

E. Lecesne

# Administration du Cardinal de Granvelle dans les Pays-Bas

Réimpression inchangée de l'édition originale de 1869.

1ère édition 2024   |   ISBN: 978-3-38662-769-6

Antigonos Verlag est une marque de Outlook Verlagsgesellschaft mbH.

Verlag (Éditeur): Outlook Verlag GmbH, Zeilweg 44, 60439 Frankfurt, Deutschland
Vertretungsberechtigt (Représentant autorisé): E. Roepke, Zeilweg 44, 60439 Frankfurt, Deutschland
Druck (Imprimerie): Libri Plureos GmbH, Friedensallee 273, 22763 Hamburg, Deutschland

# ADMINISTRATION

DU

# CARDINAL DE GRANVELLE

## DANS LES PAYS-BAS

PAR

## M. LECESNE

PRÉSIDENT DE L'ACADÉMIE IMPÉRIALE D'ARRAS.

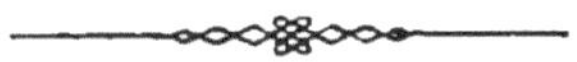

ARRAS

Typ. et lith. de A. Courtin, place du Wetz-d'Amain, n° 7.

—

1869

# ADMINISTRATION

DU

# CARDINAL DE GRANVELLE

DANS LES PAYS-BAS.

———

Parmi les hommes d'état les plus éminents du XVI<sup>e</sup> siècle, il en est un qui, par le titre qu'il a longtemps porté, appartient plus particulièrement à l'Artois. C'est le cardinal de Granvelle, évêque d'Arras. Quoique les fonctions importantes dont il fût revêtu lui eussent à peine laissé le temps de s'occuper de son siège épiscopal, ce n'en est pas moins un véritable honneur pour la ville d'Arras d'avoir donné son nom à celui qui a été le ministre dirigeant du plus grand empire de son époque, à celui que des monarques tels que Charles-Quint et Philippe II honorèrent de leur plus entière confiance. Pour suivre toute la carrière politique de ce personnage illustre, il faudrait plusieurs volumes ; aussi nous n'avons l'intention que d'en examiner une partie, celle où il fut chargé par Philippe II de l'administration des Provinces connues sous le nom de Pays-Bas espagnols, dont l'Artois faisait alors partie. Cet épisode bien restreint de la vie de Granvelle, ne s'étend que de l'année 1559 à l'année 1564; mais il comprend des événements de la plus haute importance, puisqu'ils ont été le prélude du soulèvement d'une des plus belles possessions de l'Espagne, et d'une guerre qui a duré quatre-vingts ans. Ces événements en outre n'ont pas été limités à une contrée, ils ont eu leur retentissement dans toute l'Europe : ils sortent donc du cadre de l'histoire locale, pour rentrer dans celui de l'histoire générale. Sous tous ces rapports, ils méritent une attention particulière.

Granvelle avait été, dès ses plus jeunes années, destiné au grand rôle qu'il était appelé à jouer. Né le 20 août 1517, à Besançon, alors ville impériale, Antoine Perrenot de Granvelle était le second fils de Nicolas Perrenot de Granvelle, chancelier de l'empereur Charles-Quint. Cette illustre origine devait lui rendre facile l'accès des plus hauts emplois. En effet, après avoir fait de brillantes études aux Universités de Louvain et de Padoue, il entra à vingt ans dans les ordres, et reçut la prêtrise à vingt-trois. A cette époque, il était déjà pourvu de plusieurs bénéfices, entr'autres de celui de l'abbaye de St-Vincent de Besançon. Le Pape l'avait nommé à un canonicat de l'Eglise métropolitaine, et le cardinal de Lorraine, en sa qualité d'abbé de Cluny, lui avait donné le prieuré de Morteau. C'est bien de lui qu'on pouvait dire qu'il n'avait eu qu'à prendre la peine de naître.

Pourtant ce n'était pas encore assez pour son ambition, ou plutôt pour celle de son père. Celui-ci, voulant le produire sur un théâtre digne de lui, l'emmena à la cour, et chercha à l'insinuer dans les bonnes grâces de Charles-Quint. Il paraît qu'il y réussit, car bientôt le jeune Granvelle fut chargé d'accompagner son père à la diète de Worms et, dès l'année suivante, c'est-à-dire en 1542, on lui confia personnellement une mission importante auprès du trop célèbre connétable de Bourbon. Ainsi chez lui, comme chez le Cid, la valeur n'avait pas attendu le nombre des années. Il est vrai qu'on devait se former vite à l'école de Charles-Quint et des grands personnages politiques dont il était entouré.

Ce fut à ce moment que Granvelle fut nommé évêque d'Arras, quoi qu'il n'eût pas encore vingt-cinq ans. Son sacre eut lieu le 21 mai 1543, à Valladolid. Un mot me parait nécessaire sur cette promotion un peu prématurée. La faveur y fut certainement plus consultée que les intérêts du siège d'Arras. Le chancelier se faisait vieux, et il désirait vivement transmettre à son fils la haute position qu'il avait acquise à force d'habileté et de persévérance. Pour cela il ne fallait pas perdre de temps, car la faveur des monarques est changeante, comme les flots. Aussi ne laissait-il échapper aucune occasion de pourvoir à l'élévation de celui qu'il désignait pour son successeur, et quand l'évêché d'Arras, si recherché à cause de son importance et surtout de ses riches revenus, devint vacant, il s'empressa d'y faire nommer son fils. Du reste ce siège ne se ressentit pas d'une manière fâcheuse d'avoir servi de marchepied à l'ambition d'une famille puissante. Au contraire, Granvelle eut toujours pour lui une prédilection marquée, car ne pouvant l'administrer lui-même, il choisit pour *suffragant* (on dirait aujourd'hui pour coadjuteur), Paschase, évêque de Salisbury, qui parait s'être parfaitement acquitté de cette mission. Aussi l'évêché d'Arras passait alors pour un modèle, et Granvelle introduisit à Malines plusieurs des cérémonies qui y étaient en usage (1). Gazet, dans son histoire ecclésiastique du Pays-Bas, s'exprime ainsi sur ce point : « Quand » il fût ordonné premier archevêque de Malines, comme » il avoit veu l'église d'Arras bien reiglée et décorée de » magnifiques et honorables cérémonies, il manda de là » un honneste homme pour servir de conducteur à dres- » ser et policer l'église de Malines (2). » Granvelle fût aussi le premier évêque d'Arras qui prit le titre de *révérendissime*. Mais il rendit un service plus important à son diocèse en se donnant pour successeur, en 1561, son compatriote, François Richardot, un des prélats les plus éminents qu'Arras ait comptés.

A dater de son élévation à l'épiscopat, Granvelle ne cessa d'être employé aux fonctions les plus délicates et les plus importantes. En 1545, il suivit son père au Concile de Trente, et devint pendant le séjour qu'il y fit, un des orateurs les plus écoutés de cette fameuse assemblée. Nommé conseiller d'Etat à son retour du Concile, il prit une part active aux affaires de la religion en Allemagne, et il était déjà initié à tous les secrets du gouvernement, lorsque la mort de son père, arrivée le 28 août 1550 (3), le fit entrer définitivement dans les conseils de Charles-Quint.

Dès ce moment, Granvelle jouit de toute la faveur de

(1. Père Ignace, t. I, p. 606,

(2) Gazet, *Hist. ecclésiastique*, p. 142.

'3) Charles-Quint en apprenant cette mort à son fils, lui disait : « Nous avons perdu l'un et l'autre un bon lit de repos. »

ce monarque, et, ce qu'il y a de plus remarquable, cette faveur se continua auprès de Philippe II. Strada, dans l'histoire des troubles des Pays-Bas, en fait la remarque d'une façon assez piquante : « Quoique, dit-il, il soit bien » difficile de plaire à un successeur aussi différent de » mœurs et de caractère, Granvelle y parvint à force » d'adresse, et, comme il était d'un naturel souple et » insinuant, il se plia de suite aux habitudes du prince » d'Espagne : *illico in mores principis hispani immigra-* » *vit* (1). » Aussi dans la mémorable séance du 25 octobre 1555, où l'Empereur abdiqua en faveur de son fils, Granvelle eut la satisfaction de voir ses services loués par l'ancien monarque et recherchés par le nouveau. En effet, après la harangue de Charles-Quint, Philippe II s'étant excusé de ne pouvoir prendre la parole parce qu'il ne savait ni le flamand ni le français, chargea l'évê- que d'Arras de parler pour lui aux Etats. « Granvelle, dit » Robertson, vanta, dans un assez long discours, le zèle » de Philippe pour le bien de ses sujets, la résolution » où il était de consacrer tout son temps et ses talents » à faire leur bonheur, et à imiter l'exemple de son père, » en traitant les Flamands avec des égards distingués (2). »

La suite prouva que les bonnes dispositions de Phi- lippe II à l'égard de Granvelle ne se bornaient pas aux formules banales d'une cérémonie d'apparat, car, s'il faut en croire Strada, pendant les quatre années que ce prince passa dans les Pays-Bas, après l'abdication de son

---

(1) Strada de Bello-Belgico, 1<sup>re</sup> décade, livre 2. Nous ne prétendons pas avoir traduit la force de l'expression latine.

(2) Robertson, *Hist. de Charles-Quint*, t. IV, p. 293.

père, il ne fit presque rien à l'intérieur et à l'extérieur que par l'avis et l'intermédiaire de l'évêque d'Arras. Or, ce fut pendant cette période que l'Espagne gagna la bataille de St-Quentin (10 août 1557), et qu'elle négocia la paix de Cateau-Cambrésis (3 avril 1559). Ce traité, d'abord préparé à l'abbaye de Cercamp, près de St-Pol, fût dû principalement à l'habileté de Granvelle, qui avait pour collaborateurs le duc d'Albe, Ruy Gomez et le Prince d'Orange (1).

Mais le moment était venu où la responsabilité des affaires dans les Pays-Bas allait peser exclusivement sur Granvelle. Philippe II sentant que sa présence était plus nécessaire en Espagne que dans un coin reculé de ses possessions, quitta ce pays le 26 août 1559, y établissant pour gouvernante Marguerite de Parme et pour ministre l'évêque d'Arras.

Malheureusement Philippe II en partant ne laissait pas le pays dans un état aussi prospère que la noblesse. Les longues guerres de Charles-Quint, les désordres de la soldatesque, les dilapidations du trésor, l'intolérance religieuse y avaient semé la ruine et la désolation. Le commerce déclinait, et en 1561, il y avait eu à Anvers une grande crise financière, la France, l'Espagne et le Portugal n'ayant pas liquidé leurs dettes. Philippe II devait à une seule maison de banque la somm· de douze millions (2). Ainsi les Flandres, à cette époque, renfer-

---

(1) « Le roy ayant receu si grand contentement d'icelle paix, en at-
» tribuait l'honneur principal audit sieur prince d'Orange et à messire
» Anthoine de Perrenot, évesque d'Arras, depuis cardinal de Gran-
» velle. » Pontus Payen, *Mémoires*, liv. I.

(2) Lettre de Th. Gresham du 2 septembre 1561.

maient des seigneurs puissants, qui cherchaient à em-
ployer cette puissance contre l'autorité royale, et un
peuple mécontent qui était tout disposé à tourner son
mécontentement contre le gouvernement. Au reste, le
roi savait parfaitement à quoi s'en tenir sur cette disposition des esprits, et surtout sur l'hostilité des seigneurs.
Il fut facile de s'en apercevoir, lorsqu'au moment de se
mettre en mer il donna au prince d'Orange ses dernières
instructions. Celui-ci, qui avait toujours soin de réserver
l'avenir, lui fit remarquer que les plus grandes difficultés
allaient prochainement venir de l'esprit d'opposition des
Etats ; mais le roi, malgré sa réserve habituelle, ne put
se contenir : saisissant le prince par le pourpoint, et le
secouant rudement, il s'écria avec fureur : no los Esta-
dos, ma vos, vos, vos (non les Etats, mais vous, vous.
vous).

Avant de partir, il avait nommé des gouverneurs pour
chaque Province, et avait pourvu à l'administration générale en plaçant auprès de la Gouvernante un conseil
d'Etat composé du prince d'Orange, du comte d'Egmont,
du comte de Horne, de Granvelle, de Viglius de Zwee-
chem et du comte de Berlaimont. Voici comment cet
événement est raconté par un narrateur de l'époque (1) :
« Parlons maintenant des Gouverneurs que ledit sei-
« gneur Roy laissa au pays le jour de son partement.
« Premièrement Guillaume de Nassau, prince d'Orange,
« gouvernoit le pays d'Hollande, Zeelande, Frise et
« Utrecht ; Lamoral, comte d'Egmont, renommé par
« l'Univers pour les deux grandes batailles qu'il avait

(1) Pontus Payen, *Mémoires*, liv. I.

« gagnées sur les Français auprès de St-Quentin et à
« Gravelinghes, les pays de Flandres et d'Arthois ; mes-
« sire Lambert de Brimeu, comte de Meghen, le duché
« de Gueldre ; le marquis de Bergues, Hainault ; messire
« de Fleon, seigneur de Berlaimont, Namur ; Ernest,
« comte de Mansfelt, Luxembourg ; messire Floris de
« Montmorency, seigneur de Montigny, le pays de
« Tournésis ; messire Philippe, comte de Hornes estoit
« admiral : et capitaine de la Garde, messire Jean de
« Montmorency, seigneur de Courières, gouverneur de
« Lille, Douay et Orchies, auquel succéda peu après
« messire Maximilien Villain, seigneur de Rosinghen.
« Puis le gouvernement général et superintendant des
« affaires fut laissé à madame Marguerite d'Autriche,
« duchesse de Parme, imitatrice des vertus de feu l'em-
« pereur Charles, son frère, qui avoit pour conseiller
« principal messire Anthoine Pérenot, évesque d'Arras,
« qui depuis fut cardinal surnommé de Granvelle, l'un
« des premiers du monde en matière d'Estat, auquel le
« roy se confioit sur tous autres, aiant tant de fois faict
« espreuve, tant de sa suffisance que de sa fidélité.
« L'armée navalle apprêtée, le roy fit assembler les
« seigneurs dessus nommez, les embrassa l'un après
« l'aultre fort humainement, les remerciant des bons
« devoirs et services qu'il ne mectroit jamais en oubly,
« et comme il estoit contraint à son grand regret d'aban-
« donner leur compagnie pour quelques années, pour
« donner ordre à son royaume d'Espagne, leur laissoit
« son Pays-Bas en garde, s'asseurant qu'ils demeure-
« roient pour l'advenir affectionnez à son service comme
« du passé, et non content de les honorer de parolles,

« leur feit distribuer de grands dons en argent comp-
« tant, à chacun selon sa qualité (1), et jasoit que de tels
« dons ressentissent la magnificence d'un très grand
« roy, comme il estoit, disoit néantmoins que c'estoit
« peu de chose au regard de leur mérite, et des autres
« biens qu'il espéroit leur faire pour l'advenir, s'il plai-
« soit à Dieu le laisser encore quelques années au monde.
« De quoy lesdits seigneurs partirent fort contens, extol-
« lans jusques au ciel sa grande courtoisie et libéralité,
« disant qu'il estoit impossible de trouver au monde un
« prince plus libéral, et de mieulx naturel, et qu'il sur-
« passoit infiniment feu l'Empereur son père en magni-
« ficence et libéralité, qui estoit bien d'un naturel popu-
« laire, amé et par manière de parler adoré du Tiers-
« Estat, que nous appelons les villes. »

C'est ici le lieu de dire quelques mots de la Gouvernante, à qui le gouvernement des Pays-Bas était confié.
Marguerite de Parme était fille naturelle de Charles-
Quint, qui l'avait eue d'une dame Marguerite Vangeste
d'Oudenarde, d'une des plus nobles maisons de Flandre.
S'il faut en croire Prosper Lévesque, un bénédictin, peu
savant du reste, qui a écrit, dans le siècle dernier, des
mémoires pour servir à l'histoire du cardinal de Granvelle, « l'amour, auteur de la naissance de cette prin-
« cesse, avait comme pris soin d'en réparer l'illégitimité,
« en lui prodiguant tous les charmes extérieurs et toutes
« les perfections de l'esprit. » Il est impossible de rien

---

(1) Le 29 août 1559, il alloua pour *mercèdes* cinquante mille écus à
d'Egmont, quarante mille au Prince d'Orange, mille au comte de Meghen, six mille au comte d'Aremberg, quinze mille au comte de
Horne. Correspondance de Philippe II, I, 182,

ajouter à un pareil éloge : aussi nous bornerons-nous à faire remarquer qu'après avoir été élevée à Bruxelles, ce qui aurait dû la rendre chère aux Flamands, elle fut mariée en première noce à Alexandre de Médicis, et en seconde à Octave Farnèse, petit-fils du pape Paul III (1).

En lui donnant le gouvernement des Pays-Bas, Philippe II (2) ne faisait point une chose insolite. Les Français n'ont pas voulu appeler les femmes à la couronne ; mais les Espagnols n'ont pas eu le même scrupule, et jusqu'à ces derniers temps ils n'avaient pas eu à s'en repentir, car c'est à cela qu'ils ont dû Isabelle de Castille, et la découverte de l'Amérique. Quant aux Pays-Bas, trois femmes précédèrent Marguerite de Parme dans l'administration de l'Etat. L'une était Marguerite, fille de l'empereur Maximilien ; c'est elle qui, après un double veuvage, se composa cette épitaphe :

> Ci-git Margot la gente damoiselle,
> Qu'eut deux maris, et s'y resta pucelle (3).

L'autre fut Marguerite d'Autriche, tante de Charles-

---

(1) Ce Pape, dont le caractère était peu conciliant, détermina par sa bulle *Regimini* le schisme de Henri VIII. Il convoqua le concile de Trente, et institua l'ordre des Jésuites (Dictionnaire de Bouillet). Il avait été marié avant d'embrasser l'état ecclésiastique.

(2) Nous devrions peut-être faire le portrait de Philippe II, qui du fond de l'Espagne va exercer une influence si grande sur les événements que nous avons à raconter : nous préférons renvoyer à celui qui se trouve dans un des meilleurs ouvrages d'histoire que ces dernières années aient produits. (Les Guises, les Valois et Philippe II, par Joseph de Croze.)

(3) Nous ne savons s'il faut voir dans ces vers une expression de satisfaction ou de regret.

Quint, qui eut l'honneur de négocier, avec Louise de Savoie, en 1529, la paix de Cambrai, dite *Paix des Dames.* Enfin. la troisième fut Marie, veuve du roi Louis de Hongrie. Ces trois femmes se montrèrent à la hauteur de leurs difficiles fonctions. Il faut dire à la louange de Marguerite de Parme qu'elle ne leur resta pas inférieure, car son administration eut le mérite de reculer autant qu'il était possible le soulèvement des Pays-Bas, et nous verrons que ce n'était pas une petite tâche.

Si maintenant nous cherchons à apprécier les membres qui composaient le conseil d'Etat adjoint à la Gouvernante, nous trouvons en première ligne le célèbre Guillaume de Nassau, prince d'Orange. Tout le monde connait ce personnage, dont le caractère peut se résumer dans le surnom de *Taciturne,* que Granvelle lui a donné le premier. S'il fallait en croire un auteur du temps (1), le prince d'Orange et le cardinal auraient commencé par vivre en très-bonne intelligence. « Vous eussiez veu lors » à sa maison un abbé de Saverney, frère dudit cardinal, » le servir de maistre d'hostel, un Bourdel, son cousin, » son grand escuyer, oultre une infinité de communica- » tions secrètes et familiaires qu'ils tenaient journelle- » ment entre eux. » Mais cette amitié aurait cessé à l'occasion du second mariage du prince d'Orange. Granvelle désirait lui faire épouser une princesse de Lorraine, et le jeter ainsi dans les intérêts catholiques: il avait même fait agréer ce projet par Philippe II, et il croyait que c'était une affaire arrangée. Mais, suivant son habitude, le prince d'Orange ne dit rien, et n'en fit qu'à sa

(1) Pontus Payen, *Mémoires,* liv. I.

tête. Il partit secrètement pour l'Allemagne, et négocia son mariage avec la fille de feu Maurice de Saxe, qui avait fait passer de si mauvais moments à Charles-Quint. « Le « dit mariage conclu, juré et arresté secrètement, le « prince d'Orange de retour en la ville de Bruxelles, ne « faillit aussitost d'aller veoir le cardinal, et devisant avec « luy seul à seul, à son accoustumée, commença d'en-« trer en propos de ce mariage de Saxe, le priant de lui « en dire sincèrement son advis, comme d'une affaire « pourparlée tant seulement. Le cardinal ignorant comme « les choses s'estoient passées, commença à lui descou-« vrir gravement la grande perfidie de laquelle ledit feu « Maurice avoit usé à l'endroit de feu l'Empereur, l'ini-« mitié que le roy son fils portoit à toute sa race ; à « ceste occasion davantaige que la fille avoit esté ins-« truite de sa jeunesse en la doctrine de Luther, que ledit « seigneur roy avoit en abomination, par ainsy ne pou-« voit contracter ladite alliance sans licence et (par ma-« nière de parler) renoncer à son amitié, et luy déclarer « la guerre. Monsieur le cardinal, respondit le prince, « vous m'avez conseillé que je crois en vray ami, mais « quoy ? j'ay déjà passé si avant que je n'ay plus moyen « de reculer, vous priant en escripre à Sa Majesté, afin « qu'il ne prende ladite alliance en mauvaise part. » Le cardinal ne put contenir sa mauvaise humeur en voyant qu'il avait été joué par plus fin que lui. Il refusa d'écrire au roi, et se fit ainsi une ennemie mortelle de la princesse d'Orange, « et comme femmes sont ordinaire-« ment immodérées en leurs passions, ne cessoit nuict « et jour de former plainctes et doléances, inventant tou-« jours quelque chose de nouveau dudit sieur cardinal

« pour engendrer dissidences au cerveau du prince son
« mary. »

Si ce récit est exact, il en aurait coûté peu à Granvelle
pour éviter l'opposition du prince d'Orange; mais cette
opposition tenait au fond même des choses, et elle devait
éclater tôt ou tard. En effet, les bonnes relations entre
Granvelle et le prince d'Orange étaient plutôt apparentes
que réelles : c'était une trêve entre deux joûteurs prêts à
entrer en lice, et qui attendaient réciproquement le moment de se trouver en défaut. La mésintelligence éclata,
non pas immédiatement après le mariage de Guillaume,
mais à l'occasion des discussions soulevées dans le conseil de Régence, pour le renouvellement du magistrat
d'Anvers, et cette brouille dégénéra bientôt en guerre
ouverte. Au reste, il est facile de voir que dans la
lutte, les chances n'étaient pas égales, et que l'évêque
d'Arras, malgré sa finesse et ses talents, ne pouvait
manquer d'être vaincu par l'un des plus grands politiques
des temps modernes.

Quant aux comtes d'Egmont et de Horne, c'étaient des
hommes d'action plutôt que d'intelligence : aussi disait-
on à la cour, le Conseil du prince d'Orange et l'exécution du prince d'Egmont. Ce dernier avait d'alleurs
le privilége de se concilier les sympathies générales.
Voici comment il est apprécié par Pontus Payen, qui
pourtant n'est guère favorable aux seigneurs flamands :
« C'estoit le plus beau, le plus fort de corps et de cou-
« rage de tous les vivants, terrible et soudain en co-
« lère, ne seachant que c'estoit de vivre en paix, non-
« seulement capitaine, mais aussy très hardy soldat : au

« demeurant peu versé aux lettres, grossier et ignorant
« en matière d'Estat et police civile. »

Un autre personnage mérite encore une mention particulière, c'est Viglius de Zeechem. Cet homme, qui était prêtre et coadjuteur de l'église de St-Bavon à Gand, ne s'était élevé que par la faveur de l'évêque d'Arras, et s'attacha toujours à lui complaire. Il ne se serait pas non plus permis d'opposer la moindre résistance aux désirs de la gouvernante, et ses condescendances allaient même si loin que dans le public on ne le connaissait que sous le nom du *conseiller Oui madame*. (1) Nous ne dirons qu'un mot du comte de Berlaimont. Il était à l'évêque d'Arras ce que le comte d'Egmont était au prince d'Orange, un lieutenant dévoué; mais il n'avait pas le prestige des lauriers de St-Quentin et de Gravelines.

C'est avec des éléments si disparates que Granvelle devait gouverner un pays profondément agité, et qui peu à peu allait finir par regarder ses princes légitimes comme des dominateurs étrangers. Aussi deux partis ne tardèrent pas à se former dans le Conseil, le parti national et le parti espagnol, ou *Conseil secret*, (2) comme l'appelaient les malveillants. L'évêque d'Arras était l'âme de ce parti, et dans le principe il fut énergiquement soutenu par la gouvernante, qui ne voyait que par ses yeux. Granvelle, comme son père, pensait toujours au moins

(1) Granvelle disait de lui : « Il ne brûlera jamais ni payens ni
« confrères, ores qu'ils crachassent à Dieu en face. »

(2) Philippe II avait ordonné à Marguerite de se décider plutôt par l'avis de la *Consulte* que par celui du Conseil de régence. (Henne, note 126 sur le livre I<sup>er</sup> des mémoires de Pontus Payen).

autant à ses intérêts qu'à ceux de l'État ; aussi profita-t-il de cette faveur pour s'élever à une dignité qui devait l'assurer contre ses amis et contre ses ennemis. Il insinua adroitement à Marguerite de Parme que le chapeau de cardinal, accordé à son ministre, rehausserait singulièrement l'éclat de son gouvernement, et lui donnerait à peu près l'importance d'une couronne. Cette princesse, sensible à la vanité, comme la plupart des femmes, accueillit ces ouvertures avec peut-être plus d'empressement que Granvelle ne l'aurait voulu; car sans même en prévenir son frère, afin que le mérite lui en revînt tout entier, elle demanda au pape Pie IV l'élévation de l'évêque d'Arras au cardinalat. Le Pape y consentit, et Granvelle fut compris dans la promotion de février 1561.

Mais ce n'était pas tout d'être cardinal, il fallait encore faire accepter par un maître soupçonneux cette nomination à laquelle il n'avait pas pris part. Granvelle s'en tira avec la ruse et l'adresse qu'un Séjan aurait employées auprès d'un Tibère. D'abord il ne voulut point se parer des insignes de sa nouvelle dignité ni en prendre le titre. Mais cette précaution ne lui réussit pas complètement, car le Pape et la Gouvernante parurent assez mécontents du peu d'empressement qu'il mettait à profiter de leurs bienfaits, et il dut avoir recours à d'autres moyens. Ne voulant pas être le premier à annoncer à Philippe II ce qui s'était passé, il lui fit écrire par Marguerite de Parme. Celle-ci colora sa conduite par la raison d'État : elle dit qu'elle ne s'était décidée à cette démarche que pour imposer silence aux ennemis du roi, en mettant pour ainsi dire son ministre au-dessus de leurs atteintes. Philippe II prit assez bien la chose, et Granvelle, libre enfin de tout souci à cet égard, put remercier la Gouvernante en ces termes quelque peu naïfs : « Si par hasard j'étais obligé « de sortir de Flandre, je pourrais du moins me retirer « avec honneur dans Rome, qui est le véritable séjour « des cardinaux, et j'y trouverais une retraite sûre et « honorable, car il est vrai que la faveur et le crédit « vieillissent rarement (1). »

Cet incident prouve une fois de plus qu'il est fort difficile de servir deux maîtres à la fois. Pourtant c'était une des principales nécessités de la position de Granvelle. Une autre difficulté venait de la haine que lui portait la noblesse des Pays-Bas. Cette noblesse, qui avait espéré le dominer, vit bientôt qu'il fallait renoncer à ce projet. Dès lors elle fit tous ses efforts pour perdre celui qu'elle ne pouvait entraîner dans ses intérêts et que, pour cette raison, elle appelait l'*Espagnol*. « En effet, il sem- « blait à la noblesse chose indigne et non convenable « qu'un prélat estranger, et comme aulcuns disoient issu « de race ignoble, fut ainsy préféré aux principaulx sei- « gneurs, qui avoient avanturé tant de fois leurs vies « pour le service du roy. A cette occasion l'eussent « volontiers relégué et confiné en son archevesché de « Malines, ou bien en l'une de ses abbayes, pour y an- « noncer la parolle de Dieu, et traiter d'affaires spiri- « tuelles, au lieu de celles de la court qu'il embrassoit à « leur semblant trop ambitieusement. »

C'est ici le lieu de parler d'un personnage qui paraît avoir tenu tous les fils des intrigues que les sei-

(1) Lévesque, Mémoires pour servir à l'histoire du cardinal de Granvelle, t. I, 263.

gneurs flamands firent jouer contre Granvelle. Ce personnage, espèce de Figaro politique, est Simon Renard, le mauvais génie de Granvelle, pendant tout le temps de son administration dans les Pays-Bas (1). Né à Vesoul, dans le comté de Bourgogne, Simon Renard dut son élévation au père de Granvelle, et devint ainsi ambassadeur en France et en Angleterre. Dans ces différents postes sa probité ne fut pas à l'abri de tout soupçon, et le cardinal de Granvelle se vit même obligé de provoquer sa révocation. Pour se venger, Simon Renard se fit le conseiller ordinaire du prince d'Orange et des comtes d'Egmont et de Horne, et suscita à Granvelle le plus d'embarras qu'il put. Celui-ci obtint qu'il serait rappelé en Espagne; mais là il continua ses intrigues, et il mit souvent le cardinal dans la nécessité de fournir des explications qui devaient lui être fort pénibles. Enfin Philippe II, appréciant cet homme à sa juste valeur, ne voulut plus accueillir ses dénonciations. et le fit même enfermer. Il mourut à Madrid le 8 août 1573 de chagrin, ou *autrement*, dit l'abbé Boisot. Morillon, prévôt d'Aire, qui a été fréquemment en rapport avec lui, le dépeint ainsi : « C'était un homme habile, adroit et bon politique, quoi- « que ardent, présomptueux et jaloux de toute espèce « de mérite qu'il croyait inférieur au sien (2). »

(1) C'est lui que Victor Hugo a mis en scène dans le drame de Marie Tudor  Il le représente au moment où il négociait le mariage de cette princesse avec Philippe II.

(2) Voici un portrait de Simon Renard qui ne manque pas d'originalité.

« Ce Regnart, qui portoit surnom conforme à ses mœurs, estoit issu « de race obscure et incongnue ; néantmoins pour estre bourguignon

On voit que Granvelle, tout puissant qu'il était, avait à lutter contre des ennemis redoutables. Harcelé de toutes parts, il eut recours aux moyens de rigueur : il retira au comte d'Egmont le gouvernement d'Hesdin, et fit destituer le prince d'Orange de celui de Flandre. C'était trop ou trop peu : le prince d'Orange et le comte d'Egmont se posèrent en victimes, sans qu'il leur en coûtât beaucoup, et bientôt les séances du Conseil furent marquées par les récriminations les plus vives et les scènes les plus violentes. Pour donner une idée de ces scènes, nous citerons ce qui arriva au sujet des provisions pour le gouvernement d'Hesdin. « Aulcuns d'entre eux, « dit Pontus Payen, se débordarent par telle partie qu'ils

« de nation, docte et de bon esprit, s'insinua facilement en la bonne
« grâce du cardinal, et après avoir esté quelque temps à son service,
« fut employé par ses recommandations en plusieurs belles et honora-
« bles commissions, et finalement pourvu d'un estat de conseiller du
« Conseil privé, mesmes envoyé en ambassade par diverses fois. Dès
« qu'il se vit constitué en grande dignité, devint superbe et arrogant
« oultre mesure (ainsi que font souvent ceulx qui sont issus de la lie
« du peuple, quand ils obtiennent richesses, honneur et crédit), tout-
« à-coup tellement qu'au lieu de recognoistre son bienfaiteur, se ran-
« gea sans propos avec Egmont, Orange et aultres seigneurs qui s'es-
« toient bandés contre lui, faisant puis après tous ses efforts pour
« ruiner celui qui de povre l'avait fait riche, de muet parlant, et de
« petit compaignon eslevé aux honneurs. Et fut depuis envoyé en Es-
« paigne de la part des seigneurs, affin d'accuser ledit seigneur cardi-
« nal de plusieurs faultes et malversations. Le roi, qui n'estoit que
« trop bien informé de l'humeur du galland feit du commenchement
« semblant de prendre goût en ses parolles, et supporta pour un temps
« son babil, afin de donner contentement à ceulx qui l'avoient envoyé;
« et puis le fit serrer en prison estroite, où il receupt punition telle
« que méritoit sa calomnie et ingratitude. » (Pontus Payen, *Mémoires*.)

« oublièrent l'honneur et le respect qu'ils debvoient au
« roy. Le comte d'Egmont en estoit sur tous aultres in-
« digné (1), de fasçon qu'estant au Conseil, où présidait
« madame la Duchesse, desgorgea par colère une infinité
« des injures contre ledit sieur Cardinal, détestant son
« ambition et oultrecuidance d'avoir ainsi osé faire con-
« trecarre à toulte la noblesse du pays, entremeslant des
« mots picquans contre le roy, qui avait faict si peu de
« cas des recommandations de si grand nombre des sei-
« gneurs, se laissant ainsy simplement goubverner par un
« prelstre, et pour lors (comme aulcuns disent) l'eust
« envoié en l'aultre monde, si le prince d'Orange, le
« marquis de Bergues, le seigneur de Montigny, beaucoup
« plus tempérez que luy, n'eussent apaisé son cour-
« roux. »

En vain Marguerite de Parme, interposant son autorité
ne cessait de faire remarquer que les affaires de l'Etat
souffraient de cette animosité. N'étant point écoutée,
elle finit par prier ceux qui ne venaient au Conseil que
pour faire dégénérer les discussions en disputes de n'y
plus paraître. C'est peut être ce qu'on désirait, car aussitôt que cette décision fut connue on répandit dans le
public qu'elle était l'œuvre de Granvelle qui, voulant
gouverner seul, n'avait d'autre but que d'écarter tous
ceux qui appartenaient au parti national. C'est à cette
occasion que le prince d'Orange et le comte d'Egmont
écrivirent à Philippe II, le 23 juillet 1561 pour lui

(1) A ce motif de colère s'en joignait un autre : d'Egmont avait
sollicité pour un de ses parents pauvres l'abbaye de Frulle. Granvelle,
toujours avide, se l'était fait donner à lui-même. Motley l. c. I. 363.

demander d'accepter leur démission de conseillers d'E-
tat, ou d'ordonner que toutes les affaires fussent com-
muniquées, examinées et résolues en plein Conseil. Ils
rappellent au roi dans cette lettre que lorsqu'il les
nomma membres du Conseil d'Etat, ils firent quelque
difficulté d'accepter, non par défaut de zèle, mais parce
que déjà, sous le gouvernement du duc de Savoie, les
affaires se traitaient à part et sans eux, ce qui portait atteinte à leur honneur et à leur réputation. Philippe
les avait assurés alors, que toutes les affaires d'importance seraient soumises au Conseil d'Etat, et les avait
invités, dans le cas où il en serait autrement, de l'en
avertir, afin qu'il y pourvût. Or, depuis le départ du roi,
ils avaient été convoqués le plus souvent pour des affaires
de nulle ou de minime importance, et les affaires ma-
jeures avaient été expédiées à leur insu par une ou deux
personnes. Aussi se moquait-on d'eux, car ils avaient le
titre sans en avoir la fonction. Néanmoins ils auraient
encore patienté, si Granvelle ne s'était avisé de dire que
tous les conseillers étaient solidaires : or ils ne voulaient
pas assumer leur responsabilité de décisions auxquelles
ils étaient étrangers (1).

Tels étaient les griefs vrais ou supposés que les membres opposants du Conseil faisaient valoir contre le ministre dirigeant. Pour un moment, ils crurent avoir trouvé
un puissant secours dans Eraso, conseiller d'état à Madrid,
qui était jaloux de Granvelle, et cherchait à lui nuire par
tous les moyens. Egmont entretenait avec lui une correspondance active. Le 27 juillet 1561, il lui écrit que

(1) Correspondance de Philippe II, 1, 193.

l'ambition du Cardinal tend à exercer une autorité absolue ; il ajoute, dans une lettre du 15 août de la même année, qu'aucune passion particulière n'anime les seigneurs, qu'ils n'ont en vue que le service du roi, car on ne saurait s'imaginer la manière d'agir du cardinal, ni l'autorité absolue qu'il s'arroge. Pressé par ces sollicitations, Eraso se décida à tenter une démarche auprès de Philippe II, et à lui peindre l'animosité des Flandres contre Granvelle ; mais il échoua complètement. Le roi même parut épouser plus que jamais la querelle de son ministre : en effet, dans l'audience de congé qu'il donna au comte de Horne, alors à Madrid, celui-ci ayant mal parlé du cardinal, le roi l'interrompit violemment en s'écriant : « Quoy vous vous plaignez tous de cet homme, et n'y a personne, quoy que je demande, qui m'en saiche dire la cause (1). »

Mais si le roi était inaccessible à ces suggestions, les Flamands ne les accueillaient qu'avec trop de faveur : chez eux l'esprit de dénigrement contre le Cardinal se produisait de toutes les manières. Les discussions théologiques avaient alors autant de faveur qu'aujourd'hui les discussions politiques : on ne se fit pas faute de démontrer théologiquement que Granvelle était la bête aux sept têtes, vomie par l'enfer pour dévorer le monde. Le pamphlet, qu'Erasme et son école avait mis à la mode, l'accabla de ses railleries (2). Enfin la caricature elle-même prêta à ses adversaires son arme acérée (3) : une

(1) Lettre du secrétaire-d'état Bave à Granvelle, du 19 octobre 1561. (Papiers d'état de Granvelle, VIII. 440).

(2) Papiers d'Etat du cardinal de Granvelle, t. VI, p. 557.

(3) Alex. Henne, *Mémoires de Pontus Payen, Notice,* page VI.

d'elles représentait Granvelle, tenant dans un sac Philippe II, dont il ne laissait passer que la tête, et à qui il retenait les bras étroitement liés (1).

Pourtant cet homme d'Etat aurait eu besoin de tout son temps et de toute son attention pour diriger les grandes affaires qu'il avait à conduire. Les principales de ces affaires étaient : le retrait des troupes espagnoles, les intérêts religieux et la direction de la politique étrangère. Nous allons les examiner successivement.

Le retrait des troupes espagnoles fut une des plus graves préoccupations de Granvelle. A son départ des Pays-Bas, Philippe II avait promis que ces troupes seraient promptement retirées, et le parti national avait accueilli cette promesse avec transport. Pontus Payen raconte de la manière suivante comment Philippe II avait été obligé de faire cette concession. « Il vous plaira donc entendre que « peu de temps après le renovellement de l'ordre de la « Toison-d'Or, faict en la ville de Gand, ledit seigneur roy « fit assembler les Etats en ladite ville, leur représentant « combien ses finances estoient espuisées, à cause des « guerres passées, et comment il avoit trouvé de tout temps « ses bons subjets prompts à le secourir en ses affaires, « les prioit gracieusement, en usant de leur promptitude « et fidélité accoustumée, luy furnir la somme de trois « millions d'or. Les députez, selon la forme anchienne, « demandèrent retraicte : puis après avoir communiqué « le tout, chacun à sa province, retournèrent au jour « désigné, avec pouvoir d'accorder audit seigneur roy sa « demande, selon répartissement ordinaire desdites pro-

(1) Michelet, *Précis d'histoire moderne.*

« vinces; néantmoings que ce fut le bon plaisir de Sa
« Majesté de faire sortir la gendarmerie estrangère du
« Pays-Bas, pour la grande seureté où il se retrouvoit, à
« cause de la bonne paix et alliance que sadite Majesté
« avoit avec le roy très-chrestien. » On dit qu'en enten-
dant cette demande Philippe II sortit précipitamment de
la salle en s'écriant : n'exige-t-on pas aussi, qu'en ma
qualité d'espagnol, je quitte le pays et que j'y renonce à
toute autorité? Il fallut pourtant se résigner. C'était une
si lourde charge pour le pays, qu'afin de ne pas se l'alié-
ner complètement, le roi dut lui accorder l'éloignement
de ces soldats étrangers, dont la discipline n'était d'ailleurs rien moins qu'exemplaire.

Du caractère dont on connait le prince d'Orange, on ne
sera pas étonné de le voir se mêler activement à cette
affaire, car il était de première nécessité, pour l'accomplissement de ses desseins d'affaiblir autant que possible
le gouvernement. « Ce fut celuy, dit Pontus Payen, qui
« incita soubs main les députez des provinces, principal-
« lement de Hollande, Zeelande et Frise, assemblez en la
« ville de Gand, d'insister formellement sur le partement
« desdits Espagnol, et de n'accorder aucune chose sinon
« à cette condition, de parler hardiment et sans s'eston-
« ner, et qu'en ce faisant ils obtiendroient cent fois plus
« tost leur demande que par humbles supplications et
« se monstrer pucillanimes. Car c'es. ainsy (disoit-il) que
« le roy et les Espagnols veullent estre gouvernez. »

Quant à Granvelle, il vit de suite les embarras dans
lesquels il allait se trouver, si on lui ôtait un tel appui.
Aussi fit-il tous ses efforts pour reculer autant que possible le moment où il serait obligé de se séparer de ces

utiles auxiliaires. Sa correspondance sur ce point avec Philippe II est curieuse : tandis qu'il ne cesse de faire ressortir les inconvénients qui vont résulter du départ des troupes, le roi lui rappelle continuellement que ce départ est indispensable. Mais il ne faut pas croire que Philippe II appuie ses instructions sur la nécessité de dégager sa parole, ou sur le désir de contenter ses peuples : l'unique raison qu'il donne, c'est la pénurie des finances, et l'impossibilité où il se trouve d'entretenir plus longtemps une armée à une aussi grande distance (1). Un moment Granvelle pense avoir trouvé un moyen victorieux. Il propose de faire payer aux Pays-Bas les subsides destinés aux troupes qui doivent remplacer les Espagnols, espérant que les Etats aimeront mieux conserver des soldats étrangers que de faire les frais d'une milice nationale; mais bientôt il est obligé de reconnaître que ce moyen ne vaut rien, et il finit par écrire au roi « qu'on ne saurait différer plus longtemps le départ « des Espagnols, sans s'exposer à un soulèvement, qui « du reste aura lieu tôt ou tard pour quelque cause. »

Nous venons de parler de la pénurie des finances de Philippe II : cette pénurie serait à peine croyable, si elle ne nous était attestée par des pièces authentiques. Ainsi aux demandes incessantes d'argent faites par Granvelle, le roi répond, le 7 septembre 1560, par un état de caisse des plus alarmants, et il conclut en ces termes : « Il en « résulte que pour couvrir une dépense de dix millions « trois cent trente-trois mille ducats, on ne peut comp-

(1) Papiers d'Etat du cardinal Granvelle, t. V, p. 566, et t. VI, pages 9 et 79.

« ter que sur un million trois cent trente-trois mille:
« restent neuf millions qu'il faudra chercher en l'air, ou
« se procurer au moyen d'inventions déjà bien usées (1). »
Ce n'est pas tout, Granvelle en butte à des difficultés
inextricables, presse son souverain de venir juger par lui-
même de l'état des choses, et celui-ci est obligé de lui
avouer qu'il ne peut entreprendre ce voyage faute d'argent. Cet aveu est ainsi conçu : « Vous pensez que le
« moyen véritable de remédier à l'état des affaires de
« Flandre, serait que je fisse un voyage dans ce pays.
« J'en suis bien convaincu pour ma part, je le désire de
« toute mon âme, et, si je pouvais emporter une somme
« d'argent suffisante, la volonté ne me manquerait pas.
« Mais la pénurie des finances en est venue à un point
« que vous pourriez difficilement imaginer. » Voilà donc
où était tombé cet empire sur lequel le soleil ne se cou-
chait pas, et qui avait à sa disposition les mines du Me-
xique et du Pérou !

On sait que les affaires de la religion ont été l'objet de
la sollicitude constante de Philippe II ; on peut même
dire que, dans ses idées, elles dépassaient en importance
les affaires de l'Etat, ou que plutôt elles se confondaient
avec elles. Ses lettres au cardinal Granvelle le consta-
tent : dans presque toutes il lui recommande de veiller
principalement aux intérêts de la foi. Granvelle, par
état et par conviction, était parfaitement disposé à suivre
ces conseils ; mais il se trouvait en présence d'embarras
dont son maître ne pouvait se rendre compte, à la distance
où il était, et au milieu de la catholique Espagne. Aussi

.

(1) Exposé financier de l'Espagne pour les années 1560 et 1561.

est-ce entre eux deux un va et vient continuel d'exhor-
tations à la sévérité d'une part, et d'explications prudentes
et dilatoires de l'autre. Le roi presse son ministre de ne
jamais négliger les mesures de rigueur, quand il s'agit de
questions religieuses : l'exemple de ce qui se passe en
France doit l'engager à déployer dans le châtiment des
hérétiques une inflexibilité salutaire. « Il ne faut épar-
« gner, dit-il, ni argent ni démarches pour atteindre ce
« but. » Et Granvelle lui répond : « Quant à la religion,
« l'on fait tout ce qui est humainement possible, suivant
« ce que permettent la nature du pays, ses priviléges et
« le caractère de la population; c'est beaucoup moins
« qu'on ne voudrait, je l'avoue, mais c'est tout ce qu'on
« peut tenter sans fournir matière à quelques désordres
« plus sérieux encore (1). » Lorsque Philippe devient
trop pressant, son ministre lui fait quelques concessions. Il lui écrit, par exemple : « On a brûlé, il y a
« huit ou neuf jours à Lille, un sacramentaire obstiné; »
mais on voit facilement que ces mesures lui répugnent.
En effet, Granvelle était naturellement doux de caractère; il ne devenait persécuteur que quand il ne pouvait
faire autrement. « Vous savez, dit-il à Morillon, dans le
« sein duquel il avait coutume d'épancher ses plus se-
« crètes pensées, vous savez si mes opinions ont été
« sanguinaires ou douces, et combien j'ai procuré le
« repos et sûreté des Pays-Bas, et en si longtemps avez
« pu connoître mes entrailles (2). » Il y a loin de ces
sentiments à ceux du duc d'Albe, et ils sont d'autant

(1) Papiers d'Etat, t. VII, p. 83.
(2) Papiers d'Etat, t. VI, p. 536.

plus louables de la part d'un homme d'église que l'esprit du temps y portait moins. Le calvinisme était en effet considéré par certaines personnes, à cette époque, comme « un chancre qui va petit à petit en trainant vers les par- « ties les plus nobles du corps humain, où estant parvenu « la mort s'ensuit nécessairement, pour à quoy remédier « le sage médecin at accoustumé d'estaindre son cours « par cautères, et si cela ne prouflicte, de couper le « membre entasché, afin d'éviter plus grand inconvé- « nient (1). »

(1) Dans la correspondance de Philippe II, II, XLIV, on trouve une lettre très-curieuse du frère Lorence de Villavicencio pour inciter à l'intolérance religieuse le monarque qui n'avait pourtant pas besoin d'incitation à cet égard. « Puisque votre Majesté, est-il dit dans cette lettre, tient le glaive que Dieu lui a donné, avec la puissance divine sur nos vies, qu'elle le tire du fourreau, et le couvre du sang des hérétiques, si elle ne veut que le sang de Jésus-Christ répandu par ces barbares, et le sang des innocents catholiques qu'ils oppriment, crient vengeance au ciel contre la sacrée personne de Votre Majesté. C'est à eux à modérer leurs hérésies, et à chercher les moyens de préserver leurs vies des effets de l'indignation et des lois de Votre Majesté, et d'apaiser son royal courroux contre ces bêtes féroces qui détruisent la vigne aimée de Dieu, c'est-à-dire son Eglise. L'office de Votre Majesté est de venger les injures de Dieu et les scanda'es commis envers son épouse. Je supplie donc Votre Majesté, autant que je le puis, de n'avoir aucune commisération des hérétiques, qui sont les cruels ennemis de Jésus-Christ. Le très-saint roi David n'avait nulle pitié des ennemis de Dieu ; il les tuait sans épargner homme ni femme. Moïse en un seul jour, avec ses compagnons, immola trois mille hommes du peuple d'Israël. Un ange, en une nuit, mit à mort plus de soixante mille ennemis de Dieu. De cela ils ne furent pas cruels, seulement ils n'eurent pas pitié de gens qui n'avaient aucun égard à l'honneur de Dieu. »

C'est sur ces entrefaites qu'arrivèrent les troubles de Tournay et de Valenciennes. Ces troubles furent excités, au mois d'octobre 1561, par la présence de plusieurs ministres calvinistes, qui réunirent de grandes assemblées où l'on prêchait les nouvelles doctrines, et où on chantait les psaumes de David traduits en français par Clément Marot et Théodore de Bèze. La Gouvernante instruite de ce qui se passait, envoya immédiatement le baron de Montigny à Tournay, et le marquis de Berghes à Valenciennes, avec ordre de sévir énergiquement. On surveilla la maison d'un pâtissier de Tournay, où les ministres protestants s'étaient réfugiés, et on s'apprêta à les arrêter. Mais il paraît qu'ils furent avertis, et la plupart prirent la fuite : on ne put en saisir qu'un seul, nommé Lannoy, qui fut exécuté.

Les choses prirent un caractère plus sérieux à Valenciennes. Deux prédicans, Philippe Mallard et Simon Favan, ayant été arrêtés, des écrits circulèrent dans la ville, menaçant les magistrats de quelque entreprise violente, si les prisonniers étaient condamnés. Aussi n'osait-on pas faire leur procès, et il y avait plus de sept mois qu'ils attendaient leur jugement, lorsque Granvelle ordonna enfin que la justice suivît son cours. Ils furent condamnés à être brûlés vifs, et on les conduisit de grand matin au lieu du supplice, dans l'espérance que l'exécution pourrait avoir lieu avant que la foule fût rassemblée. Mais les partisans des condamnés avaient été prévenus : à un signal, on se jeta sur l'enceinte réservée, et on essaya de les délivrer. Ils purent néanmoins être ramenés dans la prison, mais les révoltés s'étant formés en procession se mirent à chanter des psaumes, et se portèrent sur la prison d'où ils retirèrent tous les hérétiques. Les meneurs firent ensuite savoir aux magistrats qu'ils ne s'étaient attroupés que pour délivrer leurs frères ; mais si on voulait leur assurer l'impunité, et le libre exercice de leur religion, ils rentreraient immédiatement dans l'ordre. Comme on ne pouvait les réduire autrement, on leur promit tout ce qu'ils demandaient. Pendant ce temps, Granvelle réunissait deux compagnies de cavalerie qu'il envoyait à Valenciennes. Ces troupes furent bientôt augmentées de deux mille hommes, qui firent rentrer la ville dans le devoir. On informa contre les coupables : quelques-uns furent arrêtés et pendus, d'autres prirent la fuite. Enfin la sédition fut entièrement comprimée.

Mais Granvelle était trop habile pour s'abuser sur ce triomphe momentané de la force. Il voyait bien que ces troubles n'étaient que le prélude d'un bouleversement général qui se préparait de toutes parts. Ce qui le préoccupait surtout, c'était le peu de concours des magistrats et des seigneurs. Il s'en explique de la manière la plus vive à Philippe II : « Une chose, dit-il, m'afflige au milieu « de tout cela, c'est que les juges éprouvent de la répu- « gnance à faire observer les édits, probablement dans « la crainte de déplaire au peuple, et, bien qu'ils ne « laissent pas d'exécuter ce qu'on leur commande, ils « s'y emploient avec tiédeur et mollesse. » Quant au marquis de Berghe, voici ce que Granvelle lui reproche : « On lui entend dire souvent, et même sans trop se « gêner, qu'il est abusif de punir de mort les délits en « matière de religion. » Mais pour le baron de Montigny c'est bien pis encore : « D'autre part, dit-il, si Montigny « comme l'assure M. de Tournay, a mangé gras publi-

« quement. et sans aucune retenue dans cette ville tout
« le carême dernier, s'il est également vrai que lui et
« le marquis disent hautement que c'est mal de verser
« du sang dans les affaires de religion, Votre Majesté
« peut voir s'il y a moyen de tenter quelque chose, dans
« aucune de ces provinces, avec l'appui de pareils hom-
« mes. »

C'est pour modifier ces mauvaises dispositions que
Philippe II et son ministre prirent une détermination
qui, au lieu de leur être utile, devait leur susciter encore
plus d'embarras : nous voulons parler de la création de
nouveaux évêchés. Cette mesure était pourtant d'une
incontestable utilité. En effet, les évêchés des Pays-Bas
avaient une circonscription territoriale beaucoup trop
étendue, depuis que les archevêchés de Cologne et de
Reims n'avaient plus de juridiction sur ce pays. Le nombre des évêchés était aussi trop restreint, surtout dans
un temps où la propagation des nouvelles doctrines im-
posait aux pasteurs l'obligation de se mettre plus fréquemment en communication avec leurs troupeaux. Mais
la difficulté était de trouver les ressources nécessaires
pour doter ces nouveaux siéges. L'Espagne, comme on
le sait, ne pouvait rien fournir. L'idée vint donc tout naturellement à Philippe II de demander ces dotations à
ceux qui avaient entre leurs mains presque toute la fortune du pays, c'est-à-dire aux riches abbayes dont la
Flandre était alors couverte. La religion ne pouvait que
gagner à cette combinaison, car il faut bien reconnaitre
qu'un bon évêque vaut mieux que dix couvents ; mais
une pareille mesure avait peut-être l'inconvénient de trop
devancer son époque, et, dans l'état d'exaspération des

esprits, elle pouvait devenir un nouvel élément de discorde. Quoiqu'il en soit, on ne peut s'empêcher de faire remarquer que le roi le plus catholique qui fût jamais, avait conçu et pratiqué, au XVIe siècle, l'idée toute révolutionnaire de l'appropriation des biens du clergé, et qu'il fut énergiquement soutenu dans ce dessein par son ministre, un prince de l'Eglise, que personne n'accusera de tiédeur pour la religion. Tant il est vrai que, quand l'intérêt de l'Etat commande, les scrupules de conscience se taisent facilement.

Mais veut-on savoir qui se montra le plus récalcitrant à cette innovation? Ce fut le très-peu orthodoxe prince d'Orange et tout son parti, qui devait bientôt passer au protestantisme. Ces hommes ne cherchaient qu'à entraver la marche du gouvernement : c'est ce qui leur fit prendre si chaudement en main la cause des moines qu'on voulait dépouiller. Ils étaient d'ailleurs énergiquement soutenus par les intéressés, c'est-à-dire par les abbés « dont les discours, dit Grotius, étaient pour lors « extrêmement libres, et qui ne manquaient pas de se « plaindre qu'on établît sur eux des personnes qui vien- « draient censurer leur pouvoir, et retrancher leurs re- « venus en même temps (1). » Ces plaintes propagées habilement émurent le peuple lui-même, à qui on persuada, c'est toujours Grotius qui parle, « que c'était « chose impie d'abolir les pieuses libéralités des person- « nes mourantes, et d'en convertir les fruits en un autre

(1) Le célèbre jurisconsulte Dumoulin, si connu par ses opinions anti-ultramontaines, rédigea plusieurs consultations en faveur des monastères flamands : il fit même dans leur intérêt un voyage à Rome.

« usage que celui auquel ils avaient été destinés par
« leurs testaments (1). » Ainsi des ennemis jadis irré-
conciliables se rapprochaient pour combattre le gouvernement, et formaient une coalition qui allait enlever à
l'Espagne ceux sur qui elle devait le plus compter.

On ne sera sans doute pas étonné de ce que le Pape
eût montré dès l'abord assez de froideur pour les idées de
Philippe II. Suivant ses errements habituels, le Saint
Siége eut recours à des moyens dilatoires, et il fallut une
lettre passablement menaçante du roi lui-même pour que
l'affaire reçût enfin une solution. Cette lettre est ainsi
conçue : « Très-saint Père, l'ambassadeur François de
« Vargas, de mon Conseil d'Etat, vient de m'informer dans
« le plus grand détail de tout ce qui s'est passé entre
« Votre Sainteté et lui, relativement à l'érection des
« églises de Flandre, à la division et à la séparation de
« quelques-unes d'entre elles, comme aussi aux contra-
« dictions suscitées à ce projet par quelques personnes
« qui voudraient en entraver la réussite. Ce dernier point
« ne m'a causé qu'une faible surprise, car il n'est que
« trop ordinaire de voir des œuvres aussi bonnes et
« saintes que celle dont il s'agit rencontrer des adver-
« saires acharnés à les combattre. Cependant, comme
« cette affaire est la cause même de Dieu, et que V. S.
« chargée de le représenter ici bas, témoigne tant de zèle
« pour les choses de son service, pour la gloire de son
« saint nom et l'exaltation de notre sainte foi, j'ai la
« certitude que l'on emploiera en vain auprès d'elle, la
« calomnie et les importunités pour la détourner de

<hr>

(1) Grotius, *Hist. des troubles des Pays-Bas*, liv. I, f. 20.

« prêter son appui et sa faveur à notre projet, ce dont
« la supplieront, et mon ambassadeur à qui j'écris d'en
« conférer avec Votre Sainteté, et le nonce apostolique
« chargé par moi d'un message semblable. » On voit que
le procédé plus ou moins adroit d'attribuer aux conseillers du Pape ce qu'on lui reproche à lui-même était déjà
connu du temps de Philippe II.

Mais Granvelle n'y mettait pas tant de ménagements
quand il exhalait son mécontentement contre les lenteurs
du Saint Siége. « Tout le mal, s'écrie-t-il, vient de l'ava-
« rice de Rome, où l'on n'a pas voulu entamer l'affaire
« avant que nous eussions fourni sur la banque une cau-
« tion de douze mille écus, ou même d'une somme plus
« considérable, pour laquelle l'ambassadeur écrit pré-
« sentement. Cette somme est exigée pour prix de l'exa-
« men du plan de circonscription et dotation des nou-
« velles églises; œuvre toute d'utilité publique, et dont
« la concession aurait dû être accordée gratuitement(1).
« L'ambassadeur ne cesse d'insister pour qu'on expédie
« en toute hâte un courrier d'ici, avec le crédit demandé,
« et malheureusement il n'y a pas moyen de trouver un
« seul maravédis, comme Votre Majesté le sait bien,
« non-seulement pour réaliser une somme aussi consi-
« dérable, mais pas même pour dépêcher un courrier, à
« tel point que je me vois forcé d'expédier à mes frais
« celui qui a porté à Rome les premières pièces relatives
« à l'affaire des évêchés. »

Devant cette irritation qui menaçait de devenir inquiétante, le pape Pie IV finit par céder. La bulle de création

---

(1) C'est toujours le mot célèbre de Jugurtha : *nihil non venale Romæ*.

des nouveaux évêchés fut expédiée le 4 mai 1559 (1). Mais il fallait maintenant donner des titulaires à ces évêchés, et de nouvelles difficultés se présentaient pour ces nominations. Nous n'entrerons pas dans le détail des compétitions qui naquirent en cette circonstance (2). Nous ferons seulement remarquer que la meilleure part fut pour Granvelle, qui eut l'archevêché de Malines. C'était peut-être justice, après toutes les peines qu'il avait prises; mais ce qu'il y a de plus curieux, c'est qu'il fallut presque lui faire violence pour le décider à accepter cette haute dignité. Voici en effet ce qu'il écrivait au roi à ce sujet :

« Quant à l'archevêché de Malines, bien que je ne me
« dissimule ni les embarras que son acceptation entraî-
« nera inévitablement pour moi, ni les difficultés qui
« s'offriront dans la conduite de ce diocèse, bien que je
« prévoie qu'on s'adressera de tout côté au métropoli-
« tain, qu'on recourra même contre lui, et qu'il devien-
« dra de nécessité pour un grand nombre de personnes
« un objet de haine et de malveillance, bien que je con-
« naisse mon peu de force et que, durant la vie de
« l'évêque de Tournay, aujourd'hui plein de santé et de
« vigueur, je doive ne jouir que d'un revenu de trois
« mille ducats assignés sur les royaumes d'Espagne,
« perdant ainsi la provision de toutes les dignités et
« prébendes de l'église d'Arras, ainsi que d'autres béné-

(1) Locrius donne le texte de cette bulle : *Chronicon Belgicum*, p. 632.

(2) Dans ces nominations figurent, à côté de Richardot pour l'évêché d'Arras, Antoine Havet, originaire de l'Artois, pour celui de Namur, et Gérard de Haméricourt, pour celui de St-Omer. Les choix furent généralement fort bons.

« fices, et cela sans compensation aucune, puisque ceux
« de Malines sont déjà de ma collation, malgré cent
« mille autres difficultés semblables, qui se présentent à
« mon esprit, et pourraient justifier mon hésitation,
« comme Votre Majesté m'a signifié sa volonté d'une
« manière expresse, il n'est rien de si impossible que je
« ne doive entreprendre (1). » On n'est pas plus désin-
téressé : il est vrai que comme compensation, Granvelle
se faisait donner la riche abbaye de St-Amand.

Au reste tout le bien qu'on aurait pu attendre de la
création des nouveaux évêchés fut paralysé par les ma-
nœuvres des adversaires de la mesure. Grotius dit que
« la plupart des villes ne voulurent point recevoir les
« nouveaux prélats, ou pour le moins ceux qui avaient
« été reçus dans quelques-unes demeuraient odieux à
« tout le monde, et ne pouvaient exercer leurs charges
« sans souffrir beaucoup de risées et d'indignités. » Dans
l'espoir d'aplanir ces difficultés, Philippe II fit fléchir
son orgueil jusqu'à écrire au prince d'Orange et au comte
d'Egmont, pour leur demander un concours efficace. Il
leur disait : « Comme vous aurez grande part à son exé-
« cution (le projet d'érection) et que, dans la vue de me
« complaire et de me servir, vous vous emploierez sans
« doute avec empressement pour en assurer le succès,
« je vous recommande et vous prie instamment d'aider
« ma sœur par tous les moyens qui seront en votre pou-
« voir, ainsi qu'elle vous le dira plus amplement. Je
« m'en remets à elle de ce soin, dans la confiance que
« vous ne resterez pas au-dessous de ce que j'ai lieu
« d'attendre de votre zèle. »

(1) Papiers d'Etat, t. VI, p, 97.

Si l'intérieur donnait à Granvelle de tels embarras, du côté de l'extérieur ses préoccupations ne devaient pas être moindres. Les Pays-Bas étaient à cette époque parfaitement situés pour surveiller toute la politique européenne : à part l'Italie, qui échappait à leur action, toutes les nations, qui jouaient un rôle dans les destinées du monde, étaient à peu près placées sous leurs yeux. Aussi Granvelle avait-il reçu pour mission de tenir la cour d'Espagne au courant de tout ce qui se passait en Allemagne, en Angleterre et en France, ainsi que de peser autant que possible dans les affaires de ces pays. C'est à quoi il s'appliqua soigneusement.

En Allemagne, il chercha sans cesse à rappeler à l'empereur Ferdinand, qu'il était un prince de la famille de Charles-Quint, et que par conséquent il devait résister de toutes ses forces à l'invasion des idées nouvelles. D'après cette direction, il écrit à Philippe II : « J'envoie « au secrétaire Gonzalo Perez, copie d'une lettre dans « laquelle le vice-chancelier Seld me donne avis du pro- « jet que l'empereur a formé de convoquer une diète, « bien que ce ne soit pas encore une affaire décidée, et « ce magistrat n'approuve pas plus que moi cette déter- « mination. L'idée en a été donnée sans doute à Sa Ma- « jesté par ceux de ses finances, qui ont en vue d'obtenir « quelque chose à propos de l'aide contre le Turc. Mal- « heureusement, comme le plus grand nombre des con- « seillers de ce Souverain n'ont pas des idées fort ortho- « doxes en matière de religion, je crains bien, qu'en « échange de quelques faibles subsides, ils ne consentent « à des mesures essentiellement préjudiciables. » C'est aussi dans le but de retenir l'Allemagne sous l'influence de l'Espagne qu'il insiste vivement pour que Philippe II ne cesse pas de payer lés pensions qu'il faisait à une foule de petits princes de ce pays.

Ce qui le préoccupe surtout, c'est que la couronne impériale reste dans la maison d'Autriche, et il se sent débarrassé d'un poids bien lourd quand Ferdinand est enfin parvenu à faire reconnaitre son fils comme roi des romains. A cet égard son grand sens politique ne le trompait pas : il savait bien que ces descendants des Hasbourg devaient être les adversaires naturels du protestantisme en Europe, et que s'ils venaient à être renversés, l'Espagne serait obligée de lutter seule contre le torrent. C'était prévoir la guerre de trente ans plus d'un demi-siècle à l'avance, et préparer les forces que Gustave-Adolphe et Richelieu eurent tant de peine à vaincre.

L'Angleterre ne cessait d'être un objet de regret et de crainte pour l'Espagne. Depuis que Philippe II avait été sur le point d'y dominer, il ne pouvait se consoler de voir ce pays échapper à son influence, et se jeter de plus en plus dans les voies de la réforme. Aussi essayait-il continuellement de lui susciter des embarras. Granvelle crut avoir trouvé un excellent moyen, c'était d'attirer dans le parti espagnol la reine Marie Stuart, qui était revenue en Ecosse, après la mort de son mari François II. Une active correspondance s'établit donc entre cette reine et le ministre. Hélas! ces conseils ne furent que trop exactement suivis par la nièce des Guises. Ils entraînèrent cette infortunée princesse dans un système anti-national qui devait lui être fatal. et cette fois encore on put voir que la politique s'inquiète peu des personnes, pourvu qu'elle arrive à ses fins.

Mais ce qui appelait surtout l'attention de Granvelle, c'étaient les affaires de la France : en effet, du moment que Philippe II résumait son règne dans le triomphe du Catholicisme, tout le danger était de ce côté. Si ce pays inclinait vers la réforme, c'en était fait des idées de domination religieuse que l'Espagne caressait avec tant de complaisance. Il fallait donc arrêter à tout prix l'influence pernicieuse que Coligny et le prince de Condé s'efforçaient d'exercer sur la Cour de France. Pour cela il était indispensable de s'appuyer sur la reine-mère ; mais rien n'était plus mobile que cette princesse qui se résignait si facilement à *entendre la messe en français,* lorsque son intérêt le lui conseillait. Sans cesse Philippe II et Granvelle sont ballotés entre l'espérance et la crainte, en ce qui concerne la France. Si la bataille de Dreux (10 décembre 1562) leur donne une joie qui s'épanche par les félicitations les plus vives, l'assassinat du duc de Guise vient bientôt remettre tout en question. L'édit de tolérance d'Amboise (29 mars 1563) arrache à Philippe II un véritable cri de douleur. Néanmoins il ne désespère pas de sa tâche, et trouvant sans doute Granvelle trop réservé dans des circonstances aussi graves, il s'adresse au duc d'Albe pour savoir ce qu'il doit faire :
« J'ai appris, lui écrit-il, le retour de l'amiral à Paris,
« l'insolence avec laquelle il a parlé à la reine, en même
« temps que ses vues et projets et ceux de sa faction.
« Le tout m'a paru de telle importance que j'ai voulu
« vous en avertir aussitôt, afin que bien renseigné de ce
« qui se passe, et de l'état dans lequel se trouvent pré-

« sentement les affaires en France, appréciant le résultat
« probable de l'inimitié haineuse vouée à mes intérêts
« par l'amiral et le prince de Condé, à raison des offen-
« ses qu'ils prétendent avoir reçues de moi, comme
« aussi la portée des intelligences qu'ils ont cherché
« constamment à se ménager dans mes états de Flandre,
« vous avisiez aux mesures que l'on pourrait et devrait
« prendre, et aux démarches que l'on aurait à faire au-
« près de la reine, avec chance de succès, non-seule-
« ment en ce qui concerne le remède à apporter aux
« affaires du royaume, mais encore afin d'obvier au
« dommage qui pourrait en résulter pour mes états. »

Du moment qu'on s'adressait au duc d'Albe, on pouvait être sûr qu'il conseillerait des moyens énergiques.
En effet, il s'empresse de répondre : « La situation ac-
« tuelle de la France est des plus fâcheuses que j'aie
« vues depuis la mort du roi François, parce que les
« hérétiques devenus puissants paraissent déterminés à
« pousser à l'extrême l'accomplissement de leurs pro-
« jets.... Je suis d'avis qu'on fasse savoir à la reine, par
« l'intermédiaire de l'ambassadeur d'Espagne, que dans
« le cas où elle n'agirait pas d'une autre manière, et ne
« s'entourerait pas de personnages différents, Votre
« Majesté ne pourra se dispenser de lui en témoigner
« son mécontentement, ainsi que lui en font un devoir
« le service de Dieu, les intérêts du jeune roi, son
« frère (1), et ceux de son gouvernement; que les af-
« faires se trouvent dans une situation si désespérée,

---

(1) Philippe II avait épousé, en seconde noce, l'infortunée Elisa
beth de France, fille de Henri II et sœur de Charles IX.

« que Votre Majesté ne peut se dispenser de parler à la
« reine avec une entière liberté, et qu'elle voit avec
« plaisir le roi son frère parvenir à un âge où elle peut
« lui faire connaître l'état présent des affaires et le bien
« que l'on a en vue, ce qu'elle fera certainement si la
« reine-mère ne travaille à introduire dans le gouverne-
« ment un ordre tout autre que celui qu'on y voit régner
« aujourd'hui. » Catherine de Médicis n'était que trop
disposée à s'amender : on sait les attaches qui l'enchaî-
naient à la politique espagnole, et qui devaient aboutir
à la Saint-Barthélemy.

Il aurait été pourtant facile à la France de remonter,
à la faveur des circonstances, au rang que le génie de
Charles-Quint lui avait fait perdre. Il suffisait pour cela
d'agir envers l'Espagne comme l'Espagne agissait envers
elle, c'est-à-dire de profiter de ses embarras pour
exercer une influence incontestable. Les Pays-Bas en
offraient une excellente occasion : en s'appuyant sur
le parti mécontent, on se donnait des amis utiles et
on écartait des ennemis dangereux. Peut-être même
aurait-il été possible d'annexer ces riches contrées à la
France, et de résoudre ainsi une question qui est encore
pendante aujourd'hui. L'expédition du duc d'Alençon,
qui ne manqua en grande partie que par la jalousie de
Henri III, prouve qu'il y avait là, comme on dit, quelque chose à faire. Malheureusement, les Guises, qui
dominaient dans les conseils de la France, avaient de
tout autres idées. Ils crurent que l'intérêt de la religion,
qu'ils confondaient trop souvent avec celui de leur ambition, devait les rapprocher de l'Espagne, et ils firent
abandonner à leur pays les traditions de François Ier.

En 1558, Granvelle avait rencontré à Péronne le cardinal de Lorraine, et ils avaient adopté ensemble les bases de cette politique. Le peuple sentait parfaitement le mal que les Guises faisaient à la France : de là ce vieux refrain :

> François I<sup>er</sup> prédit ce point :
> Que ceux de la maison de Guise
> Mettraient ses enfants en pourpoint,
> Et son pauvre peuple en chemise.

Quant à Philippe II, il se garda bien de commettre la même faute. Il intervint activement dans nos discordes civiles. Jamais le principe *divide et impera* ne fut pratiqué sur une plus large échelle. Ce principe, qui peut se résumer ainsi : « fais aux autres ce que tu ne voudrais pas qu'on te fit, » est certainement contraire à la morale, mais il réussit trop souvent en politique. Philippe II n'eut point à regretter de l'avoir adopté, car il détourna le coup prêt à frapper les Pays-Bas, et il organisa la Ligue, qui fut le triomphe des intérêts espagnols en France.

Le grand défaut de la position de Granvelle était précisément d'avoir plutôt à ménager ces intérêts que ceux de la nation qu'il était chargé de gouverner. C'est ce qui le rendait particulièrement odieux aux seigneurs, et ce qui fit que jamais aucune entente ne put s'établir entre eux et lui, malgré la modération et le bon vouloir qu'il apportait dans son administration. S'il faut en croire Pontus Payen, ces seigneurs Flamands auraient eu de bien vilains côtés. Le luxe et la dépense avaient fortement obéré leurs fortunes. Tant que la guerre dura

contre la France. ils avaient trouvé, dans de lucratifs
commandements et dans les rançons des prisonniers, de
quoi alimenter le grand train qu'ils menaient, et qui
était tel qu'après le départ du roi, la cour de Bruxelles
« au lieu d'un souverain, paraissait en avoir cinquante. »
« Mais quand ces estats tant fastueux finirent avec la
« guerre, toutes fois nul ne parloit de diminuer son
« train, et au lieu de ce que durant la guerre ils s'effor-
« çoient de surpasser l'un l'autre en vertu par une hon-
« neste émulation, afin d'acquérir honneur, et s'advancer
« de plus en la bonne grâce du Roy, il estoit question
« qui auroit plus belle escurye, meilleure chasse, ses
« gentils-hommes, paiges et serviteurs les mieux en
« souche, qui traiteroit plus somptueusement, tiendroit
« meilleure table, et plus abondante cuisine, brief qui
« obtiendroit le dessus en fole despense et superfluité ;
« oultre ce, le jeu des detz alloit toujours son train,
« aussy bien l'ivrognerie à laquelle les Septentrionaux
« ne sont que trop addonez. »

Granvelle voyant, dans la plupart de ses collègues du
Conseil de régence, ce qu'ils étaient réellement, des
ennemis secrets de l'Espagne, leur cachait une partie
des dépêches qu'il recevait, ou arrangeait ces dépêches
à sa manière. De là des plaintes continuelles de non-
confiance, et enfin un mémoire adressé par le prince
d'Orange et les comtes d'Egmont et de Horne à Philippe II, pour lui dépeindre le rôle effacé qui leur était
imposé dans le conseil. Dans ce mémoire, daté du 22
mars 1563, les seigneurs « se plaindoient grandement
« du cardinal comme d'un personnage pernitieux à la
« République. remonstrans à Sa Majesté qu'il estoit ex-

« pédient puis nécessaire pour son service et le repos
« du pays de lui oster à l'advenir l'entremise des af-
« faires, et si de bonne heure n'estoit pourvu de remède
« au mal qui commenchoit à naistre par les mauvais
« comportemens du dit cardinal, ne voioient aultre
« apparence que la ruine de ce Pays-Bas, ce qu'ils
« avoient bien volu représenter à Sa Majesté, afin de
« s'acquitter des services qu'ils luy debvoient, et non
« pour haine ou inimitié qu'ils portassent audit cardinal,
« mais au contraire si sa dite Majesté, en suite de leur
« conseil, le faisoit retirer de la court, les affaires du
« pays auroient si bon succès que delà en avant, ne
« seroit longtemps sans apercevoir le fruit d'un bon et
« heureux changement. » (1). Granvelle répliqua par un
compte exact de tout ce qui s'était passé, et le roi ré-
pondit aux signataires du mémoire une lettre datée
d'Aranjuez, le 6 juin 1563, où on trouve les passages
suivants : « Je scai que ce que vous me remonstrez
« procède de bon zèle et affection que vous avez à mon
« service, dont j'ay assez l'expérience par le passé ; mais
« ayant bien considéré tout le contenu en vos dites
« lettres, je ne voy que vous m'exprimés aulcune cause
« particulière qui vous pourroit mouvoir à estre d'advis
« que je deusse faire le changement que vous m'es-
« cripvez.... car n'est ma coustume de sans cause gre-
« ver aulcuns de mes ministres. »

Repoussés de ce côté, le prince d'Orange et son parti

---

(1) Viglius, dans ses *Mémoires*, qualifie ainsi cette lettre : « Epistola
« ingentium malorum datura primordia, tametsi ejus auctores faus-
« tissima et prosperrima, et sibi et toti regioni, pollicerentur. »

essayèrent de demander la convocation des Etats géné-
raux, sous prétexte d'apaiser les discussions intestines :
c'est toujours ainsi que procèdent les révolutions. Mais
Granvelle ne tomba point dans le piége et, après avoir
pris l'avis du roi et de la gouvernante, il fit signifier aux
seigneurs qu'il n'y aurait pas d'assemblée générale, à
moins que le roi ne voulût venir la présider. Alors on
se rabattit sur la réunion à Bruxelles d'un chapitre des
chevaliers de la Toison-d'Or; ce qui fut accordé. Ce chapitre convint d'envoyer le baron de Montigny en Espagne, pour faire connaître au roi les plaintes du pays
contre Granvelle. Cette tentative ne réussit pas mieux que
celles qui l'avaient précédée; Philippe refusa de donner
satisfaction à ces haines, et poussa la condescendance
pour son ministre jusqu'à lui écrire : « Vos ennemis sont
« trop faibles pour votre tête, je scai que c'est l'envie
« qui les fait agir, je connais votre droiture, aidez tou-
« jours la gouvernante dans tout ce qu'elle a à faire : je
« ne vous abandonnerai pas. »

Granvelle devait être certainement très-flatté de ces
témoignages de confiance, pourtant il voyait bien qu'il
lui faudrait tôt ou tard céder à l'orage. Le dégoût des
hommes et des affaires commençait à le gagner; il écrivait à Philippe II ces paroles empreintes d'une profonde
tristesse : « Si je n'attachais une toute autre importance
« au service de Votre Majesté qu'à mes intérêts particu-
« liers, je ne tarderais pas à me mettre au repos et à
« m'éloigner des affaires, me retirant à Malines, à St-
« Amand, ou en Bourgogne. Mais à Dieu ne plaise que
« je déserte mon poste dans de pareilles circonstances,
« et c'est le moment de redoubler de courage lorsque les

« choses prennent une tournure aussi inquiétante. J'u-
« serai donc avec ces gens de tous les ménagements pos-
« sibles, cherchant à leur plaire autant que je pourrai,
« même malgré eux. Que les intérêts du service de Dieu
« et de celui de Votre Majesté soient soutenus d'une
« manière convenable, et quant au reste, je n'aurai point
« de difficultés avec eux, autant du moins que je pourrai
« les éviter en ce qui me concerne; mais ce que je souf-
« frirai toujours impatiemment. c'est la moindre chose
« capable de porter atteinte à l'autorité de Votre Majesté,
« car ainsi que je l'ai juré, et que mon devoir m'y oblige,
« je suis prêt à sacrifier, s'il était nécessaire, ma propre
« vie pour une semblable cause. » Il est permis de ne
pas approuver le système politique de Granvelle, mais il
est impossible de ne pas être touché des sentiments qui
ont dicté cette lettre, et de la manière dont ils sont exprimés.

D'ailleurs Granvelle ne se faisait aucune illusion sur la
véritable portée de toutes ces intrigues : ce n'était pas
seulement lui qui était en cause, c'était la forme même
du gouvernement : « Leur but, s'écrie-t-il, serait de ré-
« duire l'Etat à la forme républicaine, où le roi n'aurait
« d'autre pouvoir que celui qu'ils consentiraient à lui
« laisser. » Dans cette terrible extrémité, Granvelle ne
voit qu'une ressource, c'est que Philippe II « se trans-
« porte dans les Pays-Bas, et vienne arranger par son
« influence des affaires qui paraissent si embrouillées. »
Il le lui demande dans presque toutes ses lettres, mais il
s'adresse au moins voyageur de tous les monarques. Bien
différent de Charles-Quint qui, lors de son abdication,
faisait valoir comme un de ses principaux titres à la re-

connaissance des peuples, les nombreux voyages qu'il avait entrepris (1) Philippe II était essentiellement casanier ; il ne se trouvait bien que dans son Escurial, entouré de ses moines et de ses inquisiteurs. Pressé sans cesse par Granvelle, il oppose continuellement des moyens dilatoires. On sait qu'il ne revint jamais dans ses Pays-Bas, malgré les puissants intérêts, qui auraient dû l'y rappeler : il laissa même les soulèvements s'accomplir sans essayer de les réprimer lui-même ; il est vrai qu'il chargea de ce soin le duc d'Albe.

Mais pendant que Granvelle appelait de tous ses vœux la venue du roi, il allait perdre les bonnes grâces de la gouvernante. Cette princesse ébranlée par les plaintes qui s'élevaient de toutes parts contre son ministre, crut qu'elle gagnerait dans l'opinion publique en cessant de le soutenir. Avide, comme tant d'autres, de popularité, elle se rapprocha de l'opposition, et commença à marquer pour le cardinal une froideur prononcée. Quoique habitant le même palais, ils n'avaient plus aucune communication directe (2), et ne traitaient les affaires que par correspondance. En vain les amis de Granvelle répé-

---

(1) Il parla moins de ses exploits que de ses voyages : il rappela qu'il en avait fait neuf en Allemagne, six en Espagne, quatre en France, sept en Italie, dix dans les Pays-Bas, deux en Angleterre, et qu'il avait traversé onze fois la mer. (Lacretelle *Hist. des guerres de religion*, t. I, liv. II, p. 218.

(2) Outre le logement qu'il occupait au palais de Bruxelles, Granvelle avait dans cette ville un magnifique hôtel qu'il avait fait construire sur les plans de Sébastien van Noen; il avait aussi aux environs de Bruxelles une magnifique maison de campagne appelée la Fontaine, qui était située à St-Josse-Ten-Noode.

taient que cette détermination était le résultat d'un parti pris entre la gouvernante et lui, afin d'éviter toute surprise, et de se donner toujours le temps de la réflexion, on sut bientôt ce qu'il fallait croire de ces explications, et on y vit un signe certain de disgrâce.

De son côté, la gouvernante paraissait favoriser toutes les explosions de la résistance nationale. Ainsi dans un dîner donné par Gaspard Schetz, seigneur de Grodenboch, trésorier de l'épargne de Flandre, où se trouvaient les principaux seigneurs du parti mécontent, la conversation vint à tomber sur le luxe des livrées, et sur les économies qu'il conviendrait d'y apporter. On résolut d'adopter la mode allemande qui ne donnait aux domestiques qu'une aiguillette de soie sur l'épaule, à la couleur et aux armes du maître. Mais, comme dans ce temps d'agitation tout tournait à la politique, le comte d'Egmont proposa d'adopter pour emblème des têtes de folies encapuchonnées, représentant celle de Granvelle. Cette plaisanterie était d'un goût médiocre; néanmoins elle fut accueillie avec empressement, comme moyen d'opposition. Bientôt toute la haute société voulut avoir pour ses laquais des aiguillettes à têtes de folies, qu'on appelait les *ailerons du cardinal*, et les tailleurs de Bruxelles ne purent suffire aux commandes. La gouvernante rit beaucoup du coup de patte donné à un ministre dont elle voulait se débarrasser. Elle fit même part de l'incident à Philippe II, en lui envoyant un modèle de la nouvelle livrée; mais celui-ci prit très au sérieux ce mépris de l'autorité, et, par un édit, défendit de porter ces emblèmes qu'il considérait comme séditieux. Les seigneurs ne se tinrent pas pour battus, car l'esprit de taquinerie est inventif : aux têtes et aux capuchons ils substituèrent un faisceau de flèches liées ensemble avec cette devise : *concordia res parvæ crescunt*, qui devint plus tard celle des Provinces unies. Ainsi Philippe II n'y gagna rien, il fournit seulement un mot de ralliement aux mécontents.

Ces manifestations avaient été précédées et suivies de bien d'autres, au moyen desquelles on espérait dégoûter Granvelle de ses fonctions, et le rendre tout à fait impopulaire. Ainsi Pontus Payen rapporte (1) que « les sei-
« gneurs délibérèrent entre eulx de lui donner tant
« d'algarades qu'il seroit contraint pour son honneur
« abandonner la court avecq la maniance des affaires. Le
« plus insolent de tous estoit Henry, seigneur de Bréde-
« rode et de Viane, personnage escervellé si oncques en
« fust, qui avoit esté si bon mesnager en son temps
« qu'il se trouvait en debte de trente mille florins pour
« le moins, oultre la valeur de ses biens. Il se vantoit
« ordinairement qu'il délivreroit les Pays-Bas de la ti-
« rannie du cardinal, et restabliroit la noblesse en son
« anchienne splendeur et prérogative, que ledit cardinal
« et cardinalistes volloyent abolir. Bréderode alloit sou-
« vent en masque, en habit de cardinal et quelquefois
« de cordelier, estant fort bien secondé en toutes ses folies
« par messire Robert de la Marche, seigneur de Lannoy,
« son cousin aussy fol estourdy que luy, au demeurant
« personnage hardy, valeureux et remuant, tel que l'on
« pouvait souhaiter pour exécuter une entreprise hasar-
« deuse : il portoit ordinairement à son chapeau une
« queue de regnard au lieu de panache, avec grande

(1) Pontus Payen, *Mémoires*, liv. I.

« suite de serviteurs ornez de semblables parures, vou-
« lant signifier par ceste emblème que le grand regnard
« et les regnardeaux y laisseroient un jour leurs queues. »

Il faut dire à la louange du prince d'Orange qu'il dé-
sapprouva toujours de telles parades, son esprit sérieux
ne pouvant s'habituer à ces farces d'écoliers : « Ayant
« tout aultre dessein que ceux qui bravoient à l'estourdy,
« il s'abstenoit de pareilles insolences, se comportant en
« toutes choses si modestement que ne luy eussiez ouïe
« desboucher une parolle mal assise contre le cardinal :
« ainsi discouroit gravement et sérieusement des affaires
« d'Estat avecq les seigneurs, taschant de les aigrir da-
« vantage et se révolter à bon escient. Mais ledit cardi-
« nal, auquel la modestie et les sobres propos d'iceluy
« prince estoient cent fois plus suspects que les sautises,
« menaces et insolences des aultres, lors qu'il estoit en
« devises familières avec ses principaux amys, et que l'on
« venoit à parler dudit prince, disoit souvent, jectant un
« profond soupir : ha ! nous avons bien nourri le loup
« qui nous mangera. »

Au reste Granvelle ne parait pas s'être beaucoup ému
des insultes grossières auxquelles il était perpétuellement
en butte. Comme Mazarin (1), avec lequel il eut plus d'un

(1) Les contemporains de Mazarin avaient déjà été frappés de cette
ressemblance. Voici ce qu'on lit dans une *Mazarinade* intitulée *Paris
débloqué*, ou les *Passages ouverts*, imprimée en l'an 1649 :

> Je tranche de l'historien,
> Et je leur dis : savez-vous bien
> Qu'une duchesse Marguerite,
> Dont la reine est nièce petite,
> Ota de Flandre un cardinal

point de ressemblance, il permettait de rire de lui pourvu qu'on lui obéit. « Se mocquant de ces folies, le cardinal « ne laissoit de venir au Conseil, et négocier à son ac- « coustumée, qui plus est quand les affaires le permec- « toient de passer le temps en ses beaux jardins de la « Fontaine, aux faulbourgs de Bruxelles, petitement ac- « compagné. » Pourtant il n'ignorait pas que ses jours étaient loin d'être en sûreté. En effet, lorsque les factieux, dans le but d'exciter des troubles, firent courir le faux bruit d'un assassinat de Philippe II à Madrid, Granvelle

Qui jamais n'avait fait de mal,
Qui avoit esprit et science,
Qui ne pécboit qu'en la naissance,
Etant Bourguignon, non Flamand.
Et Philippe le père grand
De notre même bonne reine,
Ne fut jamais en telle peine ;
Car il chérissoit le prélat
Comme un vrai ministre d'Etat,
Et toutefois ce sage prince,
Pour le repos de sa province,
Par un exprès commandement,
L'en retira fort prudemment,
Et l'envoia près du Saint-Siège
Y jouir de son privilège.
Ainsi peut-être, quelque jour,
Mazarin quittera la cour,
Et sera mis en parallelle
Avec le cardinal Granvelle.
C'est-à-dire quant au départ,
Car non pas certes quant à l'art,
Que nous estimons nécessaire
Pour exercer lo ministère.

en rendant compte à Gonçalo Perez, premier secrétaire d'Etat, des mesures qu'il avait prises dans l'intérêt de l'ordre, dit : « Dans ce temps de dévergondage, le roi « doit se tenir sur ses gardes : moi qui ne suis qu'un ver « de terre, je suis menacé de tant de côtés que beau- « coup doivent me tenir déjà pour mort, et si l'on me « tue j'espère qu'on n'aura pas gagné tout par là (1). »

Cette magnanimité ne désarmait point les partis : au contraire, les libelles et les satires contre Granvelle allaient toujours croissant. Il n'y eut pas jusqu'aux sociétés littéraires dites *chambres de rhétorique* (1), qui ne se crussent obligées de suivre le torrent, et de flageller de leurs vers et de leur prose le malheureux ministre. La gouvernante ne voyait sans doute pas avec déplaisir ce concert de réprobation, car il lui fournissait un puissant argument dans les tentatives qu'elle avait essayées auprès de son frère, et qui s'accentuaient chaque jour davantage. Enfin, à l'instigation du prince d'Orange, elle se décida à envoyer son secrétaire Thomas Armenteros, à Madrid, pour demander le rappel de Granvelle. Le rôle politique de cet Armenteros est aussi singulier que celui de Simon Renard. Il avait été mis auprès de Marguerite par le Gouvernement espagnol pour servir d'espion. car Philippe II se défiait de tout le monde, de sa sœur, aussi bien que du reste de sa famille. Armenteros, selon certains bruits, aurait profité de sa position pour faire une fortune immense, au point qu'au lieu de l'appeler Armenteros on l'avait surnommé *Argenteros*.

(1) Correspondance de Philippe II, I, 284

(1) Elles répondent assez bien à nos Académies de province.

Ce qui est plus fâcheux pour la réputation de Marguerite, ce sont les doutes qui planaient sur l'honnêteté de ses relations avec son secrétaire intime, doutes que le prévôt d'Aire, qui est pourtant en général très-circonspect, paraît partager. La malignité publique s'était même emparée de cette intimité, et l'on avait donné à Armenteros le sobriquet de barbier de Madame, par allusion aux moustaches de la gouvernante (1).

Le voyage d'Armenteros n'eut pas grand succès : Philippe II avait consulté le duc d'Albe pour savoir si l'on devait faire des concessions au prince d'Orange et aux comtes d'Egmont et de Horne, voici la réponse qu'il en avait reçue : « Chaque fois que les dépêches de ces trois « seigneurs flamands me passent sous les yeux, elles « excitent ma colère de telle sorte que, si je ne faisais « tous mes efforts pour en calmer l'élan, les idées que j'ex- « primerais à Votre Majesté lui sembleraient celles d'un « frénétique. » Avec de pareils sentiments il n'y avait pas de transaction possible. Aussi, dès que les seigneurs flamands surent la décision du roi, ils s'empressèrent de quitter la cour, ne laissant auprès de la gouvernante que le comte d'Egmont pour la maintenir dans ses bonnes intentions. Celui-ci ne perdit point de temps : il obtint qu'Armenteros (2) serait une seconde fois dépêché au roi

(1) Lettre du prévôt Morillon du 22 juin 1565. Papiers d'État de Granvelle, IX, 338. Autre lettre du même du 9 juin 1564, ibid, VIII, 515. Lettre de l'écuyer Bordey à Granvelle du 25 janvier 1565, ibid., 650.

(2) Madame, écrivait le contador Alonso Cano à Philippe II, se laisse diriger par Armenteros, lequel s'efforce de contenter les seigneurs pour mieux voler et faire sa bourse. (Lettre du 17 mars 1566, Correspondance de Philippe II )

avec les représentations les plus pressantes. Philippe II
se décida enfin à donner satisfaction à ces plaintes et,
profitant de la demande que Granvelle lui avait faite
d'abandonner le ministère, il lui accorda la permission
de se retirer pour quelque temps des Flandres, et d'aller
en Franche-Comté régler des affaires de famille, avec
la liberté d'y rester autant de temps qu'il le voudrait.
Granvelle quitta les Pays-Bas le 13 mars 1564, accom-
pagné de deux de ses frères, Thomas, seigneur de Chan-
tonay, et Charles, seigneur de Champlitte, ainsi que de
sa belle-sœur. Ce départ eut lieu en grand apparat : la
régente lui prêta ses propres mules et lui fournit une
escorte (1) ; leurs adieux furent nobles et touchants, et
l'on peut croire que Marguerite de Parme ne tarda pas
à regretter de s'être séparée d'un ministre qui l'avait si
bien servie. En effet, elle continua d'entretenir avec lui
une active correspondance, et le consulta sur presque
toutes les affaires des Pays-Bas, dont il avait une connaissance approfondie. Son éloignement ne fut donc pas
une disgrâce : même pour en atténuer l'amertune, Philippe II ne cessa de lui répéter que cet éloignement n'était
que momentané, ce que Granvelle se persuada peut-être
avec trop de complaisance. Au reste, il faut reconnaître, à
la louange du monarque espagnol, qu'il ne fut jamais dur
pour ses ministres. S'il ne les récompensait pas très-
généreusement, il ne les punissait pas avec rigueur. Il
se contenta d'écarter de sa personne ceux dont il avait à
se plaindre ; mais aucun d'eux n'eut à subir les tortures
d'un procès criminel ou d'une prison d'Etat. Ce n'est pas

---

(1) Mémoires de Pontus Payen, note 135 sur le livre I.

sous son règne qu'on aurait vu un Fouquet passer toute sa vie à la Bastille ou aux iles Ste-Marguerite.

La retraite de Granvelle fut le signal des maux qui allaient fondre sur les Pays-Bas, et que Pontus Payen déplore en ces termes : « Voilà pourquoy quand il me « souvient de la magnificence de la court de Bru- « xelles, et de l'estat triomphant de ces provinces, au « temps où elles estoient gouvernées par la noble et « vertueuse duchesse de Parme, je ne puis contenir mes « larmes, les voyant pour le jourd'huy précipitées du « somet de félicité en une extrème ruine et désolation. « Et si grand nombre de seigneurs et gentilshommes « qui estoient les premiers guerriers du monde, sont « périz par mort violente, et les plus remarquables par « les mains du bourreau. » Comme on devait s'y atten- dre, le départ de Granvelle fut marqué à Bruxelles par des démonstrations de la plus vive allégresse; les injures ne lui furent même pas épargnées quand il fut absent : en effet « aulcuns mal veuillans pour le mespriser d'ad- « vantage attachèrent à sa porte un papier contenant en « grosses lettres : *à vendre suis*; vollans signifier qu'il « pouvoit bien vendre sa maison, et que jamais il ne re- « tourneroit à la court (1). »

On sera peut-être curieux de savoir ce que devint Granvelle après son départ des Pays-Bas. Il n'entre pas dans notre sujet de retracer en détail la fin de sa car- rière, car ce n'est pas une biographie, c'est un épisode que nous avons voulu reproduire. Nous nous borne- rons donc à donner sur ce point quelques éclaircisse-

(1) Pontus Payen, *Mémoires.*

ments. Granvelle se retira d'abord à Besançon, sa patrie, où, dans la compagnie de son secrétaire et ami, le fameux Juste Lipse, il s'adonna à la littérature et aux arts qu'il aimait passionnément, et dont il parlait en vrai connaisseur. Mais il ne resta pas longtemps dans cette retraite. Vers la fin de l'année 1565, il reçut l'ordre de se rendre à Rome, pour assister au conclave ouvert par la mort de Pie IV. Son influence y fut grande, et contribua puissamment à l'élection de Pie V. Aussi la faveur dont il jouissait auprès du pontife, décida-t-elle Philippe II à le laisser pendant quelques années à Rome, comme un surveillant utile. Ce fut dans cette ville qu'il apprit les rigueurs du duc d'Albe, et le supplice des comtes d'Egmont et de Horne, et peut-être eut-il alors la consolation de se dire que son successeur le faisait sans doute regretter. On rapporte que quand ces tristes nouvelles lui furent annoncées, il demanda si le duc d'Albe avait fait arrêter le Taciturne. Quand il sut qu'il n'en était rien : « Eh bien! « dit-il, si ce poisson s'est échappé de ses filets, autant « valait ne pas pêcher. »

Pendant qu'il était à Rome, il fut mêlé à une négociation importante qui devait produire un des plus grands événements du XVI<sup>e</sup> siècle : nous voulons parler de la ligue du Pape, des Vénitiens et de l'Espagne contre les Turcs, qui amena la bataille de Lépante. Granvelle eut l'honneur d'être le principal instigateur de cette ligue (1570), et de remettre à don Juan d'Autriche l'étendard dont il devait faire un si noble usage. Nommé vice-roi de Naples, il se fit chérir des Napolitains par la sagesse de son administration, dont tous les historiens s'accordent à faire l'éloge. Son élévation ne devait pas encore s'arrêter là. En 1575, le roi le pria de se rendre à Madrid « pour lui ayder à porter le faix des affaires, « dont le désordre ne pouvoit plus être arrêté par des « génies médiocres. » Il devint donc premier ministre et, en cette qualité, il prit part à toutes les négociations qui amenèrent la soumission du Portugal, ce dernier succès de l'Espagne à son déclin.

C'est à ce moment de grandeur et d'illustration que Philippe de Cavrel, moine de l'abbaye de St-Vaast, attaché à une ambassade qui venait surveiller à Madrid des affaires intéressant l'Artois, eut l'occasion de voir Granvelle, et en fit le portrait suivant : « Quand est de sa per- « sonne, il est de haulte, seiche et droicte stature, non- « obstant qu'il soit tout vieil, ce que monstrent les « cheveux gris et la barbe blanche qu'il porte longue : « samble néantmoins doué d'une verde et forte vieil- « lesse. Son front et face, autant qu'il est permis d'en « juger, monstrent bien nature luy avoir départy, entre « autres adresses, les dons de grand jugement et de « prudence, qui sans doute luy sont merveilleusement « accreus par le continuel maniment des grandes af- « faires, chose qui fait et accomplit les hommes de toutes « parts : aussy il y a fort longtemps qu'il fut guidé et « dressé à ce but par la prudence de son père, de très- « grande anthorité auprès de ce grand empereur Charles- « Quint, et qui sçavoit très-bien de combien cette entre- « mise valloit à l'homme, qui a le cerveau et le naturel « bons. A quoy le servoit fort bien de son vivant, le « poussant tous jours avant, et le portant par son autho- « rité, de sorte pouvons dire estre advenu audit seigneur « comme au lierre qui s'entortillant à l'entour des arbres

« plus puissans, trouve moyen de s'élever à mont. Ces
« notables commenchemens en suivis d'une assiduité ont
« tellement comblé ce que la nature avoit mis de bon en
« luy, que venu à la grande maturité qu'il a depuis at-
« teinte, n'est merveille, si son port, contenance, gra-
« vité et façons de faire ressentent quelque cas qui sur-
« passe le commun, tant de force a l'expérience jointe à
« l'art en une nature accorte et bien née. S'il est ques-
« tion de l'accoustrement (car les curieux veullent tout
« sçavoir), et l'accoustrement bien composé est l'indice
« de l'esprit arresté, il s'accoustre selon que son tiltre et
« degré d'honneur le requiert, de rouge, soit satin, ar-
« moisin, aultre soye, camelot, escarlate (1) et propre-
« ment. »

Son pays natal lui réservait un dernier honneur. Il fut
élu, en 1584, archevêque de Besançon : cette marque d'at-
tachement le toucha vivement. Quand il en fut informé,
il donna sur le champ sa démission de l'archevêché
beaucoup plus riche de Malines. Il est fort probable
qu'il envisageait cette nouvelle dignité épiscopale comme
une retraite honorable où il comptait se soustraire aux
agitations de la politique ; mais la mort ne lui donna
pas le temps de mettre ce dessein à exécution : elle le
surprit à Madrid le 21 septembre 1586, dans sa soixante-
neuvième année.

Telle fut cette carrière qui, commencée de si bonne
heure, devait se passer presque tout entière dans les
plus hautes régions du gouvernement. Après ce que

(1) Ambassade de Jean Sarrazin en Espagne, manuscrit de la bi-
bliothèque d'Arras, édition publiée par l'Académie d'Arras, page 241.

nous venons de dire de Granvelle, il est facile de le juger. S'il ne fut pas un grand ministre, il fut un homme d'Etat sage et modéré. Son administration dans les Pays-Bas, que nous avons principalement à apprécier, a été traitée trop sévèrement : elle fut impopulaire et excita beaucoup de mécontentement ; mais la route était semée de tant d'écueils qu'il ne faut pas s'étonner s'il n'a pas mieux réussi. Au moins, ne peut-on s'empêcher de reconnaître que jamais ministre ne prit sa tâche plus au sérieux, et ne fit plus d'efforts pour l'accomplir. Son application aux affaires est attestée par la volumineuse correspondance qu'il entretenait avec tous les personnages marquants de son époque : cette correspondance est un modèle de clarté et de précision. Le style en est simple et sans prétention, souvent il est relevé par des mots heureux et des saillies pleines d'à-propos : enfin, un homme d'Etat du XIXe siècle ne désavouerait pas la plupart des dépêches écrites par Granvelle (1).

Son instruction était des plus variées. Reproduisant la facilité de César, on rapporte qu'il pouvait dicter à la fois des lettres en sept langues différentes. Ce qui est certain, c'est qu'il fut un véritable Mécène pour plusieurs littérateurs et artistes qui brillèrent d'un si vif éclat au XVIe siècle : il accorda de nombreuses pensions aux uns, et enrichit son palais de Besançon des œuvres

---

(1) Le cardinal de Granvelle avait l'habitude de garder copie de toutes les lettres qu'il écrivait et qu'il recevait. C'est à cela qu'on est redevable des nombreux papiers d'Etat retrouvés à Besançon, et auxquels nous avons fait de fréquents emprunts dans le cours de ce travail.

des autres (1). Pontus Payen dit à cet égard que « le
« prélat, qui estoit doué de toutes les perfections que
« l'on sçauroit souhaiter en ung gouverneur de pays,
« ne fut jamais las d'exercer libéralité à l'endroit de
« ceux que la nature rendoit recommandables pour la
« gentillesse de leurs esprits, de fasçon que plusieurs
« petits compaignons sont, par son moyen, parvenulz
« aux estats de dignitez, qui aultrement fussent demeu-
« rez incognus en leur povreté, nonobstant leur sçavoir
« et érudiction. » Si maintenant nous examinons son
caractère privé, nous le trouvons doux et conciliant, et,
comme le dépeint un auteur qui fut presque son con-
temporain (2), « humble, affable et débonnaire, et très-
« prompt à faire plaisir à ceux qui le requéroient. » Il
montra toujours une grande générosité envers ses ennemis, et, pour le prouver, il suffit de citer ce mot qu'il
aimait à répéter : « les injures et les pilules, on les doit
« avaler sans mâcher, pour n'en sentir l'amer. » (3).

Quelques défauts déparaient néanmoins ces heureuses
qualités. Parmi eux, il faut citer en première ligne une
ambition démesurée, et une avidité insatiable de richesses. C'était, à proprement parler, un mal de famille:
Charles-Quint l'avait déjà remarqué dans le père de
Granvelle, mais il en prenait facilement son parti en
disant : « après tout, je sais que ce défaut est pardon-
« nable à de semblables gens. » Il faut aussi reconnaître

(1) Ces œuvres ont passé, pour la plupart, dans les collections de
Louis XIV, lorsque ce prince fit la conquête de la Franche-Comté.

(2) Gazet, *Histoire Ecclésiastique des Pays-Bas*, page 142.

(3) Pontus Payen lui reproche pourtant d'avoir eu « le cœur flam
boyant de vengeance pour les oultrages qu'il avoit reçus. »

qu'avec Philippe II, il était souvent nécessaire de ne pas se laisser oublier ; un de ses ministres, Ruy Gomez, qui le connaissait bien, disait que « pour être payé de lui, il fallait ne pas le servir fidèlement. » Un autre faible de Granvelle fut sa prétention à la noblesse. A cause sans doute du bruit qui courait que sa famille descendait d'un serrurier, il s'attachait continuellement à exalter sa généalogie (1), et il en fit même faire la preuve dans un mémoire qui est parvenu jusqu'à nous sous ce titre : *Probationes nobilitatis quas Antonius Perrenot, episcopus Atrebatensis exhibuit.* On regrette qu'il n'ait pas dit, comme ce ministre de la Restauration, auquel on s'évertuait de trouver des ancêtres : « passé mon grand-père, je ne connais rien de ma famille. »

On doit aussi avouer qu'un reproche plus grave a été fait à Granvelle, c'est le peu de régularité de ses mœurs. A cet égard, des faits ont été cités (2) ; mais, après vérification, ces faits ne paraissent pas très-concluants et, dans ces sortes de jugements, on ne saurait apporter trop de réserve. Pour apprécier la valeur de ces bruits il ne faut pas oublier que Granvelle fut en butte aux attaques des catholiques exagérés et des protestants : c'est ainsi qu'il fut attaqué par le jésuite Strada et par l'orangiste Grotius. A ceux qui pensent que le vrai mérite se tient à égale distance de toutes les exagérations, ces reproches des partis paraîtront de véritables louanges ; ceux-là

(1) Il portait d'argent à trois bandes de sable, au chef d'or chargé d'un aigle à deux têtes de sable.

(2) Prosper Lévesque, Mémoires pour servir à l'histoire du cardinal de Granvelle, t. II, chap. 3, p. 134.

seront indulgents et même favorables pour Granvelle, car ils verront en lui un de ces hommes *d'entre-deux,* pour ne pas dire de *juste milieu,* qui excitent peut-être quelques impatiences, mais auxquels on finit toujours par rendre justice (1).

(1) L'épitaphe suivante a été composée par un bel esprit du temps, Carolus Metellus, mais nous doutons que ces vers prétentieux et peu intelligibles aient jamais figuré sur le tombeau de Granvelle. C'est un dialogue entre un étranger et un courtisan :

HOSPES. — AULICUS.

*Hospes.* — Quis cubat hîc modicâ magnus tellure sepultus ?

*Aulicus.* — Grandia cui celsos vela dabant titulos.

*Hospes.* — Cur pelagos vitæ sulcans ; *durate secundis,*
    Inquit ? — *Aulicus.* — Ne quondam nomina parta cadant
    Clara illa imperio Caroli, regno que Philippi,
    Quorum consiliis præfuit, arte potens.

*Hospes.* — Ergo manu clavum stringeus, navim que gubernans
    Duravit fatis ? — *Aulicus.* — Insuperabilibus.

*Hospes.* — Atnè diù ? — *Aulicus.* — Decies septenos vixit in annos,
    Sequanici que fuit gloria prima soli.

*Hospes.* — Quo capitur portu ? — *Aulicus.* — Cunctis cui meta laborum,
    Seu pueri, juvenes, bis pueri ve senes.

*Hospes.* — Suffice, Rex, talem, dubiis qui duret in undis,
    Quas fera, Rex, sacris gens ciet, atque tibi.

(Ferreoli Locrii, chronicon Belgicum, page 663.)